Jan Philipp Zymny

»Grüß mir die Sonne!«

Erste Auflage 2017

Alle Rechte vorbehalten
Copyright 2017 by

Lektora GmbH
Karlstraße 56
33098 Paderborn
Tel.: 05251 6886809
Fax: 05251 6886815
www.lektora.de

Druck: MCP, Marki
Covermotiv: Olivier Kleine, olivierkleine.de
Covermontage: Olivier Kleine, olivierkleine.de
Lektorat: Lektora GmbH
Layout Inhalt: Lektora GmbH
Printed in Poland

ISBN: 978-3-95461-096-9

Inhalt

Kapitel 1 – Atem 9
Kapitel 2 – Die zweite Dimension 26
Kapitel 3 – Milton kommt 40
Kapitel 4 – Vögel im Kopf 53
Kapitel 5 – Freiheit 68
Kapitel 6 – Der Übergang 80
Kapitel 7 – Eine Aufgabe 85
Kapitel 8 – Geborgenheit 94
Kapitel 9 – Kreativität 105
Kapitel 10 – Ein Gott 116
Kapitel 11 – Der Fährmann 122
Kapitel 12 – Sonnenaufgang Reprise 131

Kapitel 1
Atem

Geburt. Erziehung. Schule. Arbeit. Rente. Schrebergarten, Schrebergarten, Schrebergarten. Tod.

Es muss nicht komplizierter sein. Oft ist es das auch nicht. Zum Glück. Denn wenn ich ehrlich bin, beschleicht mich immer wieder das selbe Gefühl, sobald das Leben über dieses Minimum hinauseskaliert:

Wie bitte? Was wird von mir erwartet? Ich soll regelmäßig Sport treiben, mich gesund ernähren und gleichzeitig ein sechsmonatiges Praktikum im Ausland absolvieren? Aha. Jetzt so ein richtig schöner Autounfall. Und dann geil ein halbes Jahr im Koma intravenöse Kost, nur im Bett liegen.

Da sich jedoch diese ohnehin schon geringwahrscheinliche Möglichkeit speziell in Gebäuden oder allgemein abseits von Straßen als geradezu verschwindend erweist, versuche ich, mir anzugewöhnen, in schwierigen Situationen einfach einzuschlafen. Als Schutzmechanismus. Bevor mir die Festplatte durchschmort, fahre ich sie lieber runter. Ich nenne das Vermeidungsnarkolepsie und es funktioniert nicht sonderlich gut.

Allerdings vermute ich, dass sich hier ein grundlegendes Motiv abzeichnet. Ich reagiere allergisch auf die Wirklichkeit. Sie verursacht mir Kopfschmerzen, lässt meine Augen tränen und schnürt mir die Kehle zu, bis ich kaum noch Luft bekomme.

Vor dem Badezimmerspiegel komme ich zu mir. Falsch. Vor dem Badezimmerspiegel komme ich zu meinem Körper. Ich war anderswo. Meinem war schon hier. Vor dem Badezimmerspiegel sind Körper und Bewusstsein plötzlich wieder kongruent.

Das sich aus dem Netz speisende elektromagnetische Feld, das an den beiden Polen an den Enden der Leuchtstoffröhre anliegt, ionisiert das enthaltene Gas. Unablässig fallen dort angeregte Elektronen auf niedrigere Energielevel zurück, wobei sie die Differenzenergie in Form von Lichtquanten abgeben. In alle Richtungen fortgeschleudert und unfähig, sich zu entscheiden, ob sie Welle oder Teilchen sein möchten, trifft ein Teil dieser Lichtquanten auf die stark fluktuierende Anzahl verschiedenster Atome, die ich meinen Körper nenne. Ein loser Verbund – eher durch die Bezeichnung »mein Körper« als durch sonst irgendwas zusammengehalten.

Einige Wellenlängen des Lichts werden von meiner Haut aus dem sichtbaren Abschnitt des Spektrums absorbiert, einige werden reflektiert. Von Letzteren trifft ein Anteil in einem derart günstigen Winkel auf den Spiegel, dass sie in meine Augen fallen. Durch die Pupille auf die Netzhaut, wo die Photorezeptoren den Reiz in ein bioelektrisches Signal umwandeln (man könnte an dieser Stelle kurz auf die Idee kommen, dass es ökonomischer wäre, sich die Anschlusskabel der Leuchtstoffröhre direkt in die Augen zu stecken – langfristig betrachtet mag das sogar stimmen –, ich rate allerdings trotzdem davon ab), der sich über den Sehnerv ins Gehirn fortpflanzt und einige Areale so stimuliert, dass in meinem Bewusstsein ankommt: »Hallo! Hallo! Hallo! Es gibt was zu gucken.«

Die Konsequenz aus all dem ist Folgendes: Ich schaue meinen Körper im Spiegel an. Die schiere Langweiligkeit dieses Geschehens entwürdigt seine Komplexität.

Und so verhält es sich meistens. Die komplexesten Fragen sind die langweiligsten. Kaum jemand interessiert sich für die Implikationen des Interferenzmusters eines quantenmechanischen Doppelspaltexperiments. Es sind die einfachen Fragen, die wir spannend finden, wie: »Gehen Prominente noch selbst in den Supermarkt?«, »Ob Nathalie aus der Buchhaltung mich wohl auch mag?« oder »Warum bin ich hier?«.

Die meisten Menschen würden jubilierend mit bösartiger, kindlicher Freude die ausgefuchstesten Experimente zertrampeln, wenn man ihnen dafür verriete, wo es gratis Schnitzel gibt.

Ich schaue meinen Körper im Spiegel an, aber das Bild stimmt nicht. Wenn ich es mit dem vergleiche, an das ich mich erinnere, kommen mir allerhand Fragen auf.

Bin das wirklich ich?

War mein Gesicht nicht anders?

Gibt es einen Unterschied zwischen dem, was ich hier sehe und was Dritte sehen, wenn sie mich anschauen?

Hatte ich nicht mehr Arme? Ich bin mir ziemlich sicher, dass ich mehr Arme hatte. Wenigstens vier oder fünf. Ich meine, nur zwei? Das ist eindeutig zu wenig. Wie soll ich all meine Aufgaben und Erledigungen besorgen mit so wenig Armen? Vielleicht läuft hier ein Armdieb frei herum. Vielleicht verarbeitet er die Arme zu Schrumpfarmen und verkauft sie als Finger.

Wenn ich lang genug in den Spiegel starre, beginnt eine leichte Dissoziation. In so einem Moment entwickelt sich der bloße Gedanke »Bin das wirklich ich?« in das Gefühl, tatsächlich einer anderen Person in die Augen zu sehen. Wobei, was heißt in die Augen? Es ist physikalisch nicht möglich, sich in einem Spiegel exakt in die Augen zu blicken.

Diesmal ist es anders. Während ich noch über Schrumpfarme nachdenke, sieht der andere mir direkt in die Augen, dann ruckt die Welt abrupt aus ihren Angeln. Von einer Sekunde zur nächsten kommen die Wände näher. Oder verkleinert sich nur mein Blickfeld?

Ich bin gefangen. Mein Herz prügelt gegen meine Rippen, was ich bis in meine Ohren spüren kann. Kalter Schweiß sprießt auf meiner Stirn. Da lässt sich plötzlich ein tonnenschweres, verwesendes Ungeheuer auf meine Brust fallen und schmettert mich zu Boden. Ich kann nicht atmen. Panik sickert in mich hinein und erfüllt meine schwache, winzig kleine Gestalt auf dem Fußboden. Das ist es. Ich werde sterben. Hier und jetzt. Daran besteht absolut kein Zweifel. Mir bleibt nur noch die Wahl, zu ersticken oder dass mein Herz explodiert. Ich bin schon tot, mir wird nur noch die grausame Gnade zuteil, zu beobachten, welches Ende es ist. Das verwesende Ungeheuer starrt mich grinsend zwischen seinen Knien hindurch an.

Nein. Das ist doch Unsinn. Nicht so, nicht hier. Ich muss mich einfach nur wieder zusammenreißen. Ich bin gesund, ich wurde nicht vergiftet und es ist nichts passiert. All das spielt sich nur in meinem Kopf ab. Die Auswirkungen auf meinen Körper sind rein psychosomatisch. Wenn ich aufhöre, mich da reinzusteigern, dann geht das auch weg.

Hör auf, so beschissen zu grinsen! Ich schlag dir in deine dumme Fresse! Es ist so leicht, auszuholen und dein fauliges Gesicht zu zertrümmern, du abartiges Scheißding! Ich schwöre, sobald ich mich wieder bewegen kann, prügle ich solange auf deine stinkende Visage ein, bis ihre blutigen Fetzen zusammen mit den blutigen Fetzen meiner Fäuste und den Fliesen eine einzige verfickte blutige Masse ergeben. Geh runter von mir! Wenn ich mit dir fertig bin und dann immer noch sterbe, dann boxe ich auch noch den Tod kaputt! Ist mir alles egal! Ich lass ihn seine eigene Sense schlucken und hassficke ihn bis zur Besinnungslosigkeit! Lass. Mich. Gehen.

Um mich herum karusseliert der Raum gnadenlos weiter. Nur der flauschige Badezimmerteppich gibt mir Halt. Wenn ich doch nur zwischen seinen Zotteln zerfließen könnte, mich komplett auflösen würde. Auflösen, anstatt zu sterben. Eins werden mit der Welt, anstatt einfach auszuscheiden. Bitte, bitte, bitte! Lass mich jetzt nicht hier verrecken! Bitte! Völlig egal, wer grade zuhört. Mein Körper. Gott. Ich mach alles. Ich fange an, mich tatsächlich gesund zu ernähren oder Sport zu machen oder in die Kirche zu gehen oder zu meditieren. Alles. Nur bitte, bitte, bitte, erlöse mich endlich jemand aus dieser Lage!

Es hat keinen Zweck. Mein Körper gehorcht mir nicht und Gott hat sich noch nie für mich interessiert. Warum kämpfe ich überhaupt dagegen an? Ein sinnloser Tod wie dieser passt gut in den sinnlosen Rest des Universums.

Folge mir in die Leere. In das allumfassende, altbekannte, freundliche Nichts. Ich nehme das Universum an der Hand, gemeinsam rodeln wir in den Abgrund. Hab ich eigentlich gerade wirklich gedacht, dass ich den Tod hassficken möchte ...? Was ist denn los mit mir?

Ich sterbe. Gar kein Zweifel. Warum auch nicht? Die Information, dass ich irgendwann sterben muss, ist schließlich kein obskures Geheimwissen. Warum also nicht jetzt und hier auf dem Fußboden? Das »Irgendwann« ist das Irreführende an dieser banalen Erkenntnis. »Irgendwann« wiegt dich in der Sicherheit des Ungewissen. »Irgendwann« bedeutet größtenteils später – meistens sogar viel später, denn »Jetzt« ist nur ein winziger Moment im Verhältnis zu der restlichen Zeit, die mir noch zur Verfügung stehen könnte. Diese Unverhältnismäßigkeit macht »Jetzt« unwahrscheinlich. Die Wahrheit ist: Ich muss sterben und habe keine Ahnung, wann genau. Jetzt ist genauso gut wie jede andere Sekunde. Dabei handelt es sich nicht um Betrug. Der Fehler liegt ja in meinem Denken. Ich bin selber schuld, dass ich mir falsche Hoffnungen mache. Geschieht mir recht.

Und so sieht also mein Ende aus. Auf der Erde liegend erstickt, während mein Herz explodiert. Na gut. Tschüss für immer.

Aber woran eigentlich? Woran sterbe ich? Bis gerade eben hat das doch wunderbar funktioniert, Luft in die Lunge zu pumpen und danach wieder herauszupressen. Dieser Prozess läuft sonst sogar unterbewusst ab. Folglich muss ich atmen. Schlimmstenfalls werde ich kurz ohnmächtig und dann übernimmt mein Stammhirn. Autopilot. Mit normalisierter Atmung reguliert sich auch der Herzschlag, was dann die Panik abnehmen lassen wird. Ich muss meinen Tod nicht akzeptieren, ich muss einfach nur loslassen, meinen Körper wieder die Kontrolle übernehmen lassen, Vertrauen haben, dann stabilisiert sich alles selbst.

Langsam – Muskelstrang für Muskelstrang – erhebt sich das grinsende, verwesende Ungeheuer von meiner Brust, verschwindet im Zwielicht des Flurs und ich bin frei. Ich werde durch mich aufgestanden und zur Arbeit gegangen.

Meine Umwelt lügt mich an. Meine Sinne lügen mich an. Mein Verstand lügt mich an. Dem gegenüber steht ein unsicherer, flackernder Kern Selbst, der aus den binären Erkenntnissen meiner Denkmaschine, welche sich aus den transformierten realen Rohdatensätzen meiner Wahrnehmungsapparate ableiten, Gefühle schöpft. Angst, Freude, Verwirrung, Erstaunen, komplexere Wünsche, höheres Denken, Bewusstsein, sowas gehört mir. Das andere funktioniert auch ohne mich. Mein Leben vibriert unter einer permanenten, sich selbst perfundierenden Dissonanz dieser beiden ineinanderkreischenden Zahnräder. Das erste schleift mitleidlos voran, angetrieben durch den Impuls eines physikalischen Universums, das zweite leidet wabbelnd an seinem Gegenstück herum. Ich passe nicht.

Dabei würde man doch meinen, der Umstand, dass es sich um meine Sinnesorgane, meinen Körper, meinen Geist handelt, diese untrennbare Verknüpfung, die einen Eigentumsgedanken zulässt, bedinge eine gewisse Befehlsgewalt über eben jenen Besitz. Aber nein. Protokolle und Regelschleifen bestimmen den Ablauf. Fütter mich! Geh auf die Toilette! Fütter mich wieder!

Müdigkeit ist die Geschäftsanfrage eines biomechanischen Roboters, die unerbittlich bearbeitet werden muss. Du kannst natürlich versuchen, die Kontrolle an dich zu reißen, indem du beispielsweise aufhörst, zu essen. Dein Körper wird nach geraumer Zeit derart tödlich beleidigt sein, dass er aus Trotz einfach stirbt. Und dich direkt mitreißt.

Wer hat hier also die Hosen an? Das ist keine rhetorische Frage. Dein Körper hat die Hosen an. Schau mal runter. Daher komme ich zu dem Schluss, dass Hosen ein Symbol der Unterdrückung sind, weshalb ich sie ablehne.

Darauf wollte ich gar nicht hinaus. Egal.

»Teamwork blablabla ... Synergie blablibulablabla ... Customer experience blibibiblablu ... HAHAHA, ihr Räuberbande, ihr blobblobblablob ... Ich rede mit Ihnen, Hebers!«

Der Autopilot hakt. Bisher hat das Programm »Ernst gucken und nicken« funktioniert, doch auf derartige Extremsituationen ist es nicht vorbereitet. Abbruch. Abbruch. Starte Programm »Schuldig zu Boden schauen und nicken«. Ich halte die Luft an.

»Hallo! Könnten Sie mich bitte anschauen, wenn ich mit Ihnen spreche?«

Abbruch. Neustart. Ich hebe die Augen bis zu seinem Kinn und versuche, Barthaare zu zählen. Auf die Entfernung gestaltet sich das schwierig. Da sind erstaunlich viele rote Haargruppen drin. Ich schaue schon zu lange auf die selbe Stelle. Ich muss randomisieren. Seine Ohren sind asymmetrisch. Gibt es dafür plastische Chirurgie? Machen Menschen so was? Ich meine, es sind nur Ohren. Niemand achtet wirklich auf Ohren. Ohren sind keine Nase oder Falten. Das muss ich gleich mal nachschauen. Ach was, garantiert machen Menschen ... Das brauche ich gar nicht erst zu überprüfen. Schaut der mich immer noch an? Ja. Wenn ich jetzt einfach einschlafe? Nein. Das wird nicht helfen.

»Okay. Okay. Alle zurück an die Arbeit! Hebers, Sie bleiben hier!«

Mit maximaler Geschäftigkeit kriechen die anderen Ameisen zurück auf ihre Pheromonpfade, während die Königin Herr Brinkenberg versucht, ihre Fühler mit meinen zu verknoten, um mich zu supervisen.

Als die anderen fort sind, greift einer seiner buchstäblichen Fühler nach meiner Schulter. Die Berührung stellt unvermittelt eine Intimität her, die brennt. Unaufgeforderter Körperkontakt durchsticht die Schutzhülle um meine Person. Augenkontakt ist fast genauso schlimm. Ich blicke dir in die Augen. Ich will wissen, wer du bist. Ich will dich erforschen. Das hat eine Intimität, mit der ich nicht umgehen kann, die mir unangenehm ist.

Aber Brinkenberg erreicht, was er erreichen will. Die Wellen von »unangenehm«, die er durch mich hindurch sendet, sorgen dafür, dass ich auf ihn fokussiert bleibe.

»Bitte nicht anfassen.«

»Was ist los mit Ihnen? Ich würde ja sagen, Sie sind sonst nicht so, aber Sie sind immer so. Verstehen Sie, was ich meine?«

»Ja, Herr Brinkenberg.«

»Kommen Sie mir nicht mit ›Ja, Herr Brinkenberg‹. Was ist los mit Ihnen?«

»Ich bin geistig abwesend, weil mich das Universum hochgradig verwirrt. Kennen Sie das, wenn Sie die Welt betrachten und permanent das Gefühl haben, dass hier irgendwas nicht stimmt, dass irgendwas Grundlegendes keinen Sinn ergibt? Als würden man ein Bild betrachten, das von weitem symmetrisch und ordentlich wirkt, aber wenn man näher kommt, erkennt man, dass es aus vielen kleinen Asymmetrien zusammengesetzt ist. Jedenfalls versuche ich darum, meinen Blick nach innen zu richten, um nicht permanent darüber nachdenken zu müssen. Das Problem ist, dass auch in mir Prozesse ablaufen, die ich weder verstehen noch steuern kann. Heute morgen hatte ich einen Zusammenbruch, weil ich in den Badezimmerspiegel geschaut habe. Ist Ihnen das schon mal passiert? Dachte ich mir. Sie würden mich vielleicht ein Wrack nennen, was aber kein treffender Vergleich wäre, weil er impliziert, dass ich früher mal seetüchtig war. Das war ich allerdings nie. Ich war schon immer so. Nicht intakt. Gegen die Realität verschoben. Meistens versuche ich einfach nur, über den Tag zu kommen, bis ich mich wieder ins Bett legen kann, um wenigstens über Nacht aus der Wirklichkeit auszuklinken. Und das alles kratzt vermutlich grade mal an der Oberfläche von ›Was ist los mit mir?‹. Um es also kurz zu machen: Bitte fassen Sie mich nicht an, dann kann ich weiter die Aufgaben erledigen, für die ich bezahlt werde. Faktisch gesehen, gehört, so zu tun, als würden mir diese am Herzen liegen, nicht zu denselbigen. Anders zu handeln, wäre also entweder ein Zeichen für einen Lügner oder einen Trottel.«

Plötzlich verschwindet seine Hand. Dann sagt er:

»Scheiße, Hebers ... Reißen Sie sich zusammen oder so ... Ähm ... Ich ... Verdammt, so genau wollte ich das doch alles gar nicht wissen ... Warum sagen Sie nicht einfach, dass Sie gerade eine harte Zeit durchmachen? Scheiße … Ähm … Na gut, Sie kriegen noch eine Chance, aber wenn Sie hier nicht schnell ordentlich reinklotzen, dann fliegen Sie achtkantig raus. Haben wir uns verstanden? Und besorgen Sie sich Hilfe oder was auch immer.«

Oder: »Arschloch.«

Keine Ahnung. Starte Programm »Ernst gucken und nicken«. Bereite Autopilot bis 19:30 vor. Execute.

»Als Nächstes gehen wir in eine Figur, die heißt: Der Affe trinkt das Mondlicht«, sagt die Yogalehrerin, die Gruppe folgt ihren Anweisungen und ich wackle.

Die Frage, warum ich mich beim Yoga angemeldet habe, verhält sich in vielerlei Hinsicht wie ein Lama in Inlinern auf einem Laufband. Sie bringt mich nicht vorwärts. Mir selbst ist völlig schleierhaft, was dieser Vergleich tiefergehend bedeuten soll, gleichzeitig fühlt er sich treffend an.

Das Studio ist spartanisch, aber rassistisch eingerichtet. In einer Ecke steht ein japanischer Zen-Garten, in der anderen eine chinesische Drachenstatue. Doch was will man von einer Yoga-Schule erwarten, die sich im Hinterzimmer eines koreanischen Schnellimbisses in Bochum befindet?

Unsere Lehrerin heißt Gisela Stibinski. Ich vermute, dass das ein alter indischer Name ist, der bedeutet: »Die, die vorne sitzt und raucht«, denn das ist es, was sie tut.

Niemand wagt es, gegen dieses Missverhältnis zu protestieren, da Gisela permanent einen Blick drauf hat, der seinerseits bedeutet: »Hömma, Freundchen. Wenne frech wirs, mach ich dir n Knoten inne Beine, dasse dein restliches Leben als Brezel verbringen kanns. Dat geht auch ohne Yoga.«

Also yogieren wir und Gisela sitzt und raucht. Sie leitet den Kurs, indem sie mit ihrer Kippe auf einem Yoga-Poster die nächste Figur anzeigt.

Ich finde das unfair, weil ich keine Ahnung habe, wie ich von der aktuellen Position in die neue wechseln soll. Das ist, als würde man einen Blick in die Ikea-Aufbauanleitung werfen, um darin das Bild eines vollendeten Schranks zu finden mit der Anweisung »Bauen Sie den Schrank so zusammen, dass er aussieht wie auf dem Bild«, und man wundert sich total, weil man eigentlich ein Bett gekauft hat. Bedauerlicherweise sind das, was ich finde, und das, was Gisela interessiert, zwei Welten, die sich nur selten begegnen und selbst dann nicht grüßen.

»Und nun: Der hockende Hund kackt«, raspelt Gisela durch den Qualm. Hin und wieder ist es schleierhaft, ob sie den Namen einer Yoga-Figur aufsagt oder nur Dinge beschreibt, die sie durch die Fensterfront beobachtet.

Sie brennt mit ihrer Zigarette ein Loch in das Poster, was auch nur halb so wild ist. War das halt das letzte Mal, dass der Kurs diese Figur gemacht hat. Fertig. Seit meiner dritten Stunde im Yoga-Studio *Korea-Grill Zeche Zentrum* habe ich ohnehin aufgegeben, mich an den Verrenkungen zu versuchen.

Ich habe mich schon immer auf der Beweglichkeits-Skala eher in Richtung Kartoffelsack verortet. Ich kann liegen und, wenn man mich irgendwo anlehnt, sogar stehen. Mittlerweile begnüge ich mich im Unterricht genau damit. Ich liege auf meiner PVC-Matte und beobachte die anderen Schüler dabei, wie sie das umsetzen, was ich bisher für anatomisch unmöglich hielt. Mit der Zunge den Ellenbogen berühren zum Beispiel oder Liegestütze.

Manchmal ist mir langweilig. Dann stell ich mir vor, wie Gisela mit ihrer rauen Stimme ein Referat über die Geschichte der Gurke hält:

»Die Geschichte der Gurke ist eine Geschichte voller Missverständnisse. War sie im Mittelalter noch als Teufelsbanane verschrien, lässt sie sich heute nicht mehr wegdenken. Versuchen wir, uns trotzdem einmal eine Welt ohne Gurke vorzustellen ... Wie sinnlos wäre Gurkensalat?«

Meistens bringt Giselas nächster Befehl die Wirklichkeit zurück, bevor ich einschlafe.

»Nicht das Atmen vergessen«, meint sie und bekommt einen niedlichen Hustenanfall. Ich zünde mir eine Zigarette an.

Ich würde es nur zu gerne vergessen, den Automatismus abschalten, Kontrolle erlangen, aber es geht nicht. Es geht einfach immer weiter. Danke, Gisela, dass du mich daran erinnerst. Hast du noch mehr hilfreiche Ratschläge für mich? Nicht das Blinzeln vergessen? Scheiße. Jetzt blinzle ich bewusst. Na toll, dann werde ich wohl die nächste Viertelstunde damit verbringen, die Bewegung meiner Augenlider auszuführen.

Das ist diabolisch nervtötend. Du blinzelst nun bewusst. Schön den Brustkorb heben und senken. Auf einmal fällt dir das Gefühl der Kleidung auf deiner Haut auf. Und dann juckt da auch noch diese eine Stelle am Körper. Ach nein, jetzt krabbeln auch noch Läuse durch deine Haare. Du weißt genau, dass sie gar nicht da sind, aber du spürst es. Wer hat gesagt, dass du aufhören kannst zu blinzeln? Ich werde wahnsinnig!

Vielleicht fühlt sich der Tod so an. Als würde man eine Unterhose tragen, die ein bisschen zu klein ist. Er kneift rundherum und schränkt die Handlungsfreiheit ein. Permanent leicht unangenehm. Genau wie das Leben eigentlich. Oh, das wäre furchtbar, wenn der Tod wie das Leben wäre.

Gisela, du Gute, dass du mich darauf vorbereitest. Was würde ich nur ohne dich tun? Vielleicht verliebe ich mich in dich, nur um dich damit zu ärgern.

Tatsächlich habe ich gleich in meiner ersten Yoga Stunde gelernt, dass man Atmen nicht nur vergessen kann, sondern dass ich das mein Leben lang falsch gemacht habe. Wirklich? Atmen? Ich kann doch nichts dafür! Das ist einfach so passiert! Laut Gisela habe ich zusätzlich noch falsch gestanden, falsch gesessen und falsch gelegen. Mittlerweile zweifle ich, ob ich jemals wirklich ein Mensch gewesen bin.

Als sie bemerkt, dass aus meiner Ecke Rauchzeichen aufsteigen, lässt sie einen Aschenbecher rüberschlittern. Dieser besteht aus einer horizontal-durchgesägten Buddha-Statuette und zieht eine Aschespur über das Laminat. Ich hebe die Hand zum Dank und Gisela gießt sich wortlos einen Kurzen ein. Dann asche ich dem kopflosen Buddha in den Hals. Gewohnte Bewegungsabläufe.

Erst jetzt fallen mir die drei älteren Herren in der verbliebenen Ecke auf, die Skat spielen und ebenfalls rauchen.

»Letzte Runde!«, ruft die Yoga-Lehrerin Stibinski, die Schüler lösen ihre absurd verdrehten Gliedmaßen und die beiden Mitvierzigerinnen an den Novoline-Spielautomaten bestellen noch zwei Pils. Das bedeutet, drei Uhr ist durch. Gisela ruft immer um drei die letzte Runde aus.

Mühsam erhebe ich mich, um dann mit einem langgezogenen Schmatzgeräusch mein Stück PVC von dem vor

Bierresten klebrigen Boden abzulösen. Ich versuche, nicht daran zu denken, dass ich atmen und blinzeln muss, aber das ist ein rosa Elefant.

Mit einem Faustschlag auf den Oberarm, der deutlich zu fest ist, um liebevoll gemeint zu sein, es aber dennoch ist, weckt Gisela einen Kerl, der am Tresen mit dem Mund auf dem Rand seines Bierglases eingeschlafen ist. Ein Balanceakt, der den geübten Berufstrinker vom enthusiastischen Amateur unterscheidet.

Sein Pils ist seit Stunden ausgetrunken. Doch während seiner Schlafphasen sabbert der Kerl das Glas wieder voll, nur um zwischendurch aufzuwachen und das vermeintliche Bier in einem Schwall in sich hineinzustürzen und erneut Zahn auf Glas zu entschlummern.

Diese Prozedur wiederholt sich im Verlauf des Abends fünf oder sechs Mal und näher werden wir der Erfindung des Perpetuum Mobiles nicht kommen. Dafür bewundere ich ihn. Er scheint in sich selbst geschlossen zu sein, solange man jeden Abend ein Bier in das System schüttet. Nach Jahren des stillen Schwärmens entschließe ich mich, Gisela nach seinem Namen zu fragen.

»Dat is' der Milton.«

Milton, das Perpetuum Mobile. Das gefällt mir.

Ich zahle meinen Deckel – »Wat? Kein Trinkgeld? Na, bis ja Stammgast, ne?« – und gehe. Draußen schluckt die Dunkelheit erst die Kneipe und dann mich.

»Nicht das Atmen vergessen«, denke ich. Atmen ist der Anker der Wirklichkeit. Ich bin wie ein Lama in Inlinern auf einem Laufband.

Ich weiß nicht, wie ich beim Yoga gelandet bin. Spielt

auch keine Rolle. Ich bin nur einer dieser Typen, die im Hinterzimmer eines koreanischen Schnellimbisses, das gleichzeitig eine Kneipe und manchmal eine Jugendherberge ist, an einem Yogakurs teilnehmen, der von einer ehemaligen Prostituierten namens Gisela geleitet wird, und keine Ahnung haben, warum. Ich mache das einfach. Die Anderen machen das einfach. Es gibt kein Warum.

Nicht das Atmen vergessen. Wer das Atmen vergisst, muss zweifeln, ob er überhaupt ein Mensch ist.

Die Glut meiner Zigarette leitet mich wie ein winziger Leuchtturm durch die Nacht zur S-Bahn. Diese ist zwar leer, trotzdem scheue ich die Sitze. Sitzen krieg ich nämlich noch nicht richtig hin. Gisela arbeitet an mir.

Halb sitzend, halb stehend hocke ich auf meiner aufrechten Yoga-PVC-Bodenrolle. Auf diese Weise mache ich ihre Arbeit nicht kaputt. Mein Hintern nimmt es zum Anlass, sich für heute aus der Realität auszuklinken. Zurück bleibt nur das statische Rauschen eines Fernsehers ohne ordentlichen Empfang.

Die Landschaft vor dem Fenster zieht nicht vorüber. Die Bewegung geht von mir aus. Ich ziehe vorüber.

In der Nähe sitzen drei Kerle. Wie machen die das bloß? Sitzen. Ohne jede Bedenken und Selbstzweifel. Als sei das das Natürlichste der Welt. Wie ich sie beneide, diese Menschen.

Der Erste ist ein Berg, ein Berg ganz aus Butter. Er fließt über und sagt: »Mein Urin riecht nussig in der Nacht, wenn ein Kuckuck weint.«

Der Nächste – ein kahler Gorilla, der zu lange im Fitnessstudio eingesperrt war und vermutlich nicht über den Winter kommen wird, weil er kein Gramm Körperfett besitzt (seine einzige Hoffnung ist es, im Buttergebirge zu überwintern) – stimmt ihm zu: »Mein bester Freund ist ein Mofa. Unsere Gespräche sind laut und stinken.«

Erwartungsvoll schauen sie ihren Kameraden an, der ganz dünn und spitz ist. Die Winkel an seinem Körper sind kleiner als Nullwinkel. Er faltet sich in sich selbst und schluckt das Licht in der näheren Umgebung. Auch der Schrei, den er als Antwort ausstößt, ist spitz.

»Nicht das Atmen vergessen.«, höre ich mich sagen.

Zu viele Köpfe drehen sich in meine Richtung. Jede Zahl ist zu viel. Denn daran erkennst du, dass du was falsch gemacht hast, wenn in der Öffentlichkeit plötzlich die Aufmerksamkeit auf dir lastet. Weil du zum Beispiel ein Straßenkünstler bist. Unendlich kurz danach stürmen sie auf mich zu.

Ich ziehe vorüber. Nur die Kerle sind erschreckend statisch.

»Wat hasse gesacht, Brüderchen?«

Die Butter grinst mich an, der Gorilla grinst mich an, der Spitze grinst mich an. Sie sind überwältigend zahllos in ihrer Dreiheit.

Zwei Schläge treffen mich, die deutlich zu fest sind, um liebevoll gemeint zu sein. Ich weiß nicht, warum. Die tun das. Ich tue nichts. Es gibt kein Warum – nur Ereignisse.

Ein Lama in Inlinern auf einem Laufband, das bin ich. Die Welt rast und ich bewege mich auch irgendwie, aber gezwungenermaßen aufgrund des Konstrukts, das ich darstelle, doch das hat alles nichts miteinander zu tun.

»Ich warne euch!«, rufe ich und hebe die Fäuste. »Ich kann Yoga!«

Null, dann vergesse ich, zu atmen.

Kapitel 2
Die zweite Dimension

Was tun, wenn man die Wirklichkeit nicht verträgt, wenn man an einer selbstverständlichen Kleinigkeit – einer Selbstverständlichkeit – wie dem Dasein verzweifelt? Man kneift, verdammt nochmal, die Arschbacken zusammen. Ich sollte aufhören, rumzuheulen. Soldier on!

Groß und flach und rot erscheint das Brinkenberg'sche Chefgesicht am Rand meines Blickfeldes. Über der Kante meines Bürowürfels, die den Horizont darstellt, geht es auf wie die Sonne. Ich höre auf, 150 Mal den Buchstaben »F« in ein Word-Dokument zu tippen, um ein verfügbares Gesicht zu machen.

»Was tun Sie gerade?«

»Arbeiten, vermute ich. Allerdings bin ich mir nicht ganz sicher.«

»Witzig. Sie sind neu, oder?«

Kurz erinnere ich mich, dass ich bisher 71 »F«s geschafft habe, füge ein weiteres hinzu (durch 2 und durch 3 teilbar) und sage: »Ja.«

»Frisches Blut, das ist gut. Ich könnte Ihnen jetzt mühsam ihre Abläufe und Aufgaben erklären und dann so was schnauzen wie ›Die Berichte sind am Mittwoch um Punkt zwölf auf meinem Schreibtisch!‹, aber ich würde einfach sagen, Sie wenden sich an Johnson. Der sitzt hinten in der Vier. Er zeigt ihnen dann, wie der Hase läuft. Johnson ist wirklich exzellent.«

Das Tolle an Arbeit ist ja, dass man beschäftigt ist. Der Körper hat zu tun, der Verstand hat zu tun, weshalb beide keine Zeit haben, sich mit wichtigen oder schwierigen Dingen zu befassen. Man betäubt sich in eine stumpfsinnige Mediation hinein, in der alles ein bisschen besser wird, weil man eben nichts merkt.

Religion ist Opium fürs Volk? Dann ist Arbeit die Religion des Volks. Das hätte dem ollen Marx bestimmt nicht gefallen, aber scheiß auf ihn. Er ist tot. Er hat es nur durch Schriften und Ideen geschafft, ein bisschen langsamer in die Bedeutungslosigkeit heruntergespült zu werden als der Rest von uns.

Insofern muss Arbeit gleichförmig sein, damit sie dich in den stumpfsinnigen Flow tragen kann, wo alles wie von selbst läuft und dein Bewusstsein sich ausschaltet in einem ewig gleichen, kosmischen Om. Ich löse mich auf. Ich bin heilig. Es geht um diesen zuckersüßen Moment, wenn die Peitsche knallt, damit du schneller ruderst.

Das funktioniert natürlich nur dann, wenn man wirklich arbeitet – immer wieder die selbe Naht schweißt und nicht dieses Wasserspendersozialinteraktionpausengearbeite.

Der Mensch arbeitet produktiver, wenn er sich wohlfühlt? Die Pyramiden, die chinesische Mauer und das Kolosseum in Rom, alles Produkte der Arbeit leidender Sklaven, widersprechen dir. Der Mensch arbeitet produktiver, wenn er entmenschlicht ist. Es ist schrecklich, aber diese Arbeitszeugnisse stehen noch heute. Was bleibt von *New Age*-Wohlfühlgleitzeitarbeit? Drölfundzwünzigtausend imaginäre Gummipunkte einer turboegalen Social-Network-Seite in einem imaginären Medium, die wertlos sind, sobald was Trendigeres vorbeikommt.

Warum labert der mich also voll? Hör auf, mich zu vermenschlichen. Lass mich Werkzeug sein.

»Und dieser Johnson macht den gleichen Job wie ich?«

»Sagen Sie nicht ›dieser Johnson‹, Hebers. Johnson ist, wenn überhaupt, ›der‹ Johnson. Oder halt einfach nur Johnson.«

»Also der ›große‹ Johnson ...«

»Sie verstehen nicht. Ich liebe Johnson. Wenn ich nicht aktiv meine Homosexualität unterdrücken würde, würde ich ihn glatt fragen, ob er mit mir ausgeht.«

»Warum unterdrücken Sie das? Seien Sie doch einfach, wie sie geboren wurden.«

»Das war ein Witz.«

»Komisch.«

»Witzig komisch oder seltsam komisch?«

Ich habe das Gefühl, wie Brinkenberg sagen würde, mich auf dünnes Eis zu begeben. Ich würde sagen, ich fühle mich ertappt und weiß nicht, wie ich reagieren soll, also vollführe ich die Pistolengeste, schüttle dabei ein bisschen im Handgelenk und mache: »Nahhh.«

Herr Brinkenberg scheint erfreut zu sein, dann ist Sonnenuntergang. Ich nutze die Nacht, um weiter »F«s zu tippen. Da geht die Sonne plötzlich ein zweites Mal auf.

»Ach und ... Die Berichte sind bitte am Mittwoch um Punkt zwölf auf meinem Schreibtisch. Danke.«

Von den Wänden des Großraumbüros, dessen Fläche mit einem Labyrinth aus würfeligen Arbeitsnischen vollgestellt ist, gehen einzelne, durchnummerierte Räume ab, in denen jeweils zwei Ameisen wichtigeren Aufgaben nachgehen. Meditationszellen der höheren Mönche, zu denen wir Novizen nur selten Zugang bekommen. Bruder Johnson ist in der Vier.

Andächtig klopfe ich, was drinnen ein Rumpeln auslöst. Einige Momente vergehen, dann werde ich hereingebeten.

Aktenschränke und Schreibtische sorgen in dem schmalen Raum dafür, dass man sich ausschließlich in einer Linie von der Tür zu den Arbeitsplätzen bewegen kann – gerade genug Platz, dass man nicht auf die Idee kommt, einen falschen Gott anzubeten. Auf dem einen Platz sitzt eine hagere Frau mit Augenringen, an dem anderen lehnt ein lebensgroßer Pappaufsteller, der das Bild eines auffallend glattrasierten Mann mittleren Alters zeigt. Die Haare sind silbern und der Anzug dunkelblau. Er lächelt extrem vertrauenerweckend. Ich wende mich widerwillig an die echte Person.

»Hallo. Hebers.«

»Angenehm. Shmohnson.« Sie heißt natürlich nicht Shmohnson. Tatsächlich wird sie wohl Meier oder Müller heißen, aber da kann sie eben so gut Shmohnson heißen, außerdem teilt sie sich ein Büro mit Johnson. Deus vult Shmohnson. Hände werden geschüttelt.

»Ich wollte eigentlich zu Johnson, um mich einarbeiten zu lassen, aber der lässt sich wohl gerade vertreten.«

»Nein, nein, das ist Johnson.« Sie entblößt Zähne, die von Kaffee und Nikotin gelb sind.

»Wie? Ach, ist das so ein Streich, den man hier mit dem Neuen spielt? ›Schickt ihn zu dem Pappaufsteller in Raum Vier‹.«

»Nee, das ist tatsächlich Johnson und es ist auch irgendwo ein Streich, aber nicht in deine Richtung, keine Angst.«

»Ich fürchte, ich kann nicht ganz folgen.«

»Pass auf. Bei der Weihnachtsfeier letztes Jahr war der Chef so hackenstramm, dass er im Suff einen der Pappaufsteller unseres Werbepartners eingestellt hat. Das wurde gefilmt, alle haben gelacht und gut. Später am Abend haben wir dann Cheffe aber mit dem Aufsteller in der Besenkammer in flagranti erwischt. Ebenfalls festgehalten mit Handykameras für die Ewigkeit. Da wurde es richtig gut.« Ihre Zähne sonderten ein kicherndes Geräusch ab.

»Das alles war dem Kerl natürlich sehr peinlich hinterher. Tatsächlich war es ihm so peinlich, dass er angefangen hat, so zu tun, als sei der Aufsteller eine reale Person – nennt ihn Johnson und so weiter –, in der Hoffnung, dass dann die Sticheleien und das Gelächter hinter seinem Rücken aufhören. So nach dem Motto, wenn der Elefant schon im Porzellanladen war, dann kannst du auch zerbrochenes Geschirr verkaufen. Keine Ahnung. Der Vergleich ist nicht von mir. Jedenfalls hat irgendjemand in der Personalabteilung bald darauf mitbekommen, dass Brinkenberg dem Kameraden hier sogar ein Gehalt auszahlt, was natürlich in seine eigene Tasche wandert. Also, haben wir uns gedacht, greifen wir das ab. Der Chef kann mittlerweile echt nichts sagen, der steckt da zu tief drin, vor allem jetzt, wo durch die Sache mit dem Gehalt auch Veruntreuung mit auf den Stapel obendrauf kommt. Also lange Rede kurzer Sinn: Wir schreiben abwechselnd mal 'nen Monat lang Berichte für den Johnson und bekommen dafür ein extra Gehalt. Biste dabei?«

Die Sinnlosigkeit des Unterfangens reizt mich, auch wenn mich der Schwall an neuen Infos erst einmal überflutet. Müde Augen schauen mich fordernd über die grinsenden, gelben Beißer hinweg an.

»Klar bin ich dabei, warum nicht?«

»Sehr gut! Hier sind die Unterlagen von Johnson. Viel Spaß und gib nicht alles auf einmal aus.«

Sie reicht mir einen Stapel Papiere, der mich ratlos werden lässt, und blinzelt mir zu.

»Ähm, aber wer arbeitet mich denn dann ein?«

»Ach, mach dir keine Sorgen. Wir verwalten uns doch im Prinzip alle nur gegenseitig. Da steigst du schon durch.«

Und schneller als ich »Johnson Shmohnson Johnson« sagen kann, werde ich aus dem Büro Vier geschoben.

Warum wird die Anzahl der Dimensionen des Universums immer nur nach oben korrigiert? Alle paar Jahre kommen Wissenschaftler vorbei und sagen: »Wir leben übrigens gar nicht in einem dreidimensionalen Raum. Es sind vier. Wir nennen es Raumzeit. Ach nein, hoppla, es sind ja doch sieben, neun oder elf. Vermutlich elf.«

Diese Zahl läuft aber nur in eine Richtung. Wo soll das hinführen? Irgendwann ist der ganze Raum voll mit Dimensionen. Dann können wir kaum noch treten vor Dimensionen. Wo sollen die alle hin?

Warum kommt nicht mal einer daher und korrigiert nach unten? »Ach es sind übrigens doch nur zwei Dimensionen. Wir haben uns vertan. Ja, wir sind eigentlich alle nur Flächen in einer Flächenwelt. Schönen Tag noch.«

Ich glaube, dahinter steckt die Angst, eine Dimension zu vergessen. Das wäre nämlich geradezu peinlich, etwas so Wichtiges und Großes zu vergessen. Wenn man zu viele hat, dann hat man eine übrig, falls mal eine kaputt geht.

Zeit vergeht ...

Den Mitarbeiter des Monats zu küren, bedeutet, demjenigen Gläubigen, der am inbrünstigsten gebetet hat, seine Sünden doppelt zu vergeben. Trotzdem tut Abt Brinkenberg das. Die Motivationsmethoden dieses Mannes sind platt. Alle sind versammelt.

»Und damit ist der Mitarbeiter des Monats Julomber ...«

Gäbe es Budget für einen Trommelwirbel, ich würde meinen Kopf zwischen Fell und Sticks legen.

»Johnson!«

Die Brüder applaudieren ihr Amen in die Ebene des Großraumbüros. Mein Blick sucht Shmohnson, die, als wir Augenkontakt haben, mit den Schultern zuckt und mich angrinst. Die Frau hat mich verarscht. Sie hat es tatsächlich geschafft, dass ich die Arbeit für einen Pappaufsteller übernehme, wodurch ich meine eigenen Aufträge vernachlässigt habe. Irgendwie empfinde ich Respekt für Shmohnson. Kindlicher, respektloser Protest.

Allerdings hat die Aktion tatsächlich Konsequenzen, vor allem für mich, denn Brinkenberg fährt fort.

»Von Ihnen allerdings, Herr Hebers, ist das Letzte, was ich bekommen habe, noch aus ihrer ersten Woche bei uns. Ein einzelnes Blatt, auf dem sehr oft der Buchstabe ›F‹ steht.«

»150 Mal.«

»Ich hab das nicht nachgezählt. Bitte kommen Sie gleich in mein Büro. Alle anderen: gute Arbeit, weiter so. Meeting beendet.«

Wenig später sitze ich dem Chef an seinem Schreibtisch gegenüber. Er schaut ernst und tut Sachen mit den Händen, die er bestimmt bei Chefs im Fernsehen gesehen hat. Das Ticken der Wanduhr hämmert emsig gegen ein peinliches Schweigen an.

»Wie lange sind Sie jetzt schon bei uns beschäftigt?«

»Es kommt mir vor wie Jahre.«

»Witzig.«

Ich schaue.

»Moment mal. Sie meinen das ernst, oder? Sie haben wirklich keine Ahnung?«

Ich schaue.

»Hebers, Sie sind seit einem halben Jahr hier! Wie können Sie das nicht wissen?! Das ist das Ende Ihrer Probezeit.«

Auf einmal sind Ich und mein Körper wieder kongruent. Ich versuche, mir nichts anmerken zu lassen, doch innerlich schreie ich. Wo verdammt nochmal ist die Zeit hin? War ich so sehr in Trance, so in Meditation über Johnsons Arbeit versunken, dass ich es gar nicht gemerkt habe, wie sich Wochen und Monate vorbeischlichen? Bin ich einer dieser Zombies, die irgendwann aufwachen und plötzlich alt sind? Was ist hier los? Ich merke, wie Panik in mich hineinsickert, also beginne ich, ruhig und regelmäßig zu atmen.

»Verstehen Sie jetzt, warum ich Sie bei dem Meeting gerade so bloßgestellt habe, Hebers? Sie haben ein halbes Jahr nichts abgeliefert. Gar nichts. Sie haben de facto nicht gearbeitet. Wissen Sie überhaupt, was wir hier tun?«

»Ach, wir verwalten uns hier doch im Prinzip alle gegenseitig.«

»Wenigstens das haben Sie mitbekommen, aber ich verstehe einfach nicht, wie Sie sechs Monate unentdeckt hier abhängen konnten, ohne dass irgendwem auffällt, dass Sie nichts tun.«

»Johnson ...«

»Johnson ist gut, sehr gut sogar, aber ich befürchte, der kann Ihnen da auch nicht helfen. Wieso hat das denn keiner mitgekriegt? Ich meine, die Abgabe der Berichte wird doch geprüft.«

»Ich hab für Johnson ...«

»Hätten Sie sich von dem mal 'ne Scheibe abgeschnitten. Mann, Mann, Mann. So was hat es hier noch nie gegeben. Ich weiß nun wirklich nicht, was ich tun soll.«

»Wir vergessen das einfach und ich verspreche, mich in Zukunft mehr anzustrengen?«

»Tjaha, aber null mal irgendwas ist immer noch null! Es hilft nichts. Ich muss Ihnen da eine Geschichte erzählen, Hebers ...

Eine Dame betritt mit ihrem vierjährigen Kind den Hofladen eines Bauern. Das Kind rennt sofort los, um die Umgebung zu erkunden, während die Mutter zum Bauern sagt: ›Guter Mann, morgen ist ein Festtag, zu dem will ich ein Huhn braten. Bringen Sie mir den prächtigsten Vogel aus ihrem Stall!‹

Der Bauer nickt und bringt ihr sofort das trefflichste Exemplar, das er anzubieten hat. Als die Frau den Vogel erblickt, ist sie ganz außer sich: ›Bei Gott, das ist das schönste Tier, das ich je erblickt habe. Es mag wohl schöner sein als mein Kind.‹

Der Bauer sagt: ›Gewiss.‹

Und das Kinder bohrt derweil irgendwo in der Nase und sieht besonders hässlich aus.

Später sitzt die ganze Familie zu Tisch. Einträchtig wird die Suppe gelöffelt, als der Vater spricht: ›Sage mir, teuerste Gemahlin, hast du je unser Kind mit einem Huhn verwechselt?‹

Die Mutter ist völlig empört: ›Was für eine Frage, teuerster Gemahl. Selbstverständlich habe ich noch nie unser Kind mit einem Huhn verwechselt.‹

Und das Kind so: ›Boookbokbok!‹

Eine Weile drauf sitzt die Familie immer noch zu Tisch. Vater, Mutter und das Huhn. Die Suppe ist verzehrt, nur das Huhn pickt lustlos in seinem vollen Teller herum. Da spricht der Vater: ›Teuerste, die Suppe war ganz vorzüglich.‹

Worauf die Mutter erwidert: ›Hab Dank, Teuerster.‹

Vater: ›Was kredenzest du uns zur Hauptspeise?‹

Mutter: ›Huhn.‹

Skeptisch blickt da das Huhn von seinem Teller auf, doch das bemerkt keiner, weil der Vater völlig entsetzt ruft: ›Teuerste, wenn hier das Huhn zu Tisch sitzt, dann hast du doch nicht etwa ...?‹

Und die Mutter: ›Um Himmels willen!‹

Dann stürzen beide zum Ofen.

Wieder eine Weile später stolziert das Huhn ziellos durch das Speisezimmer, während Vater und Mutter vor den abgenagten Überresten eines Kinderskeletts stehen. Beide völlig entgeistert, die Mutter in Tränen. Sie schluchzt: ›Ich kann nicht glauben, was wir getan haben.‹

Darauf der Vater: ›Wir mussten es essen. Um die Beweise zu vernichten. Oder willst du dein Leben lang im Kerker schmoren?‹

Mutter: ›Wir haben unser eigenes Kind gegessen! Das ist unverzeihlich!‹

Vater: ›Was hätten wir anderes tun sollen? Es war doch bereits gebraten.‹

Weinkrämpfe schütteln die arme Frau, weshalb ihr Mann sie in seinen Armen hält und verkündet: ›Weine nicht, Teuerste. Uns bleibt das Huhn. Wir werden es als unser Kind aufziehen.‹

Mutter: ›Bist du des Wahnsinns? Es wird mich auf ewig an unsere Schandtat erinnern! Schaff es mir aus den Augen!‹

Und der Vater so: ›Nun gut, dann bringe ich es zum Bauern zurück, aber du musst die übrigen Knochen hier zu einer Suppe verkochen, damit wir sie loswerden.‹

Die Mutter: ›Das bringe ich nicht fertig. Lass uns tauschen.‹

Und der Vater: ›Gleichwohl.‹

Derweil schaut das Huhn skeptisch.

Wieder im Hofladen, schafft es die Mutter so gerade, sich zusammenzureißen, und sagt zu dem Bauern: ›Ich möchte wohl dies Huhn zurückbringen ... Wir ... wir sind nicht dazu gekommen, es zu essen.‹

Der Bauer erwidert: ›Das ist bedauerlich.‹

Nun verliert die Mutter die Nerven und schreit: ›Hören Sie auf, Fragen zu stellen! Ist das hier ein Verhör, oder was?‹

Bauer: ›Ich hab doch gar nicht ...‹

Da rennt plötzlich ein Kind in den Hofladen und ruft: ›Frau Mama, da seid ihr ja!‹

Vor Erleichterung bricht die Mutter erneut in Tränen aus: ›Mein Kind! Oh Gott, mein Kind! Ich dachte …‹

Mit einem Mal trifft sie die Schwere einer Erkenntnis und reißt sie zu Boden. Man hört sie noch hysterisch kreischen: ›Wessen Kind hab ich verspeist?! Wessen Kind hab ich verspeist?!‹

Skeptisch schaut da das Huhn derweil. Ende.«

Ich blicke auf den Schreibtisch zwischen uns, dabei kann ich spüren, wie sich Brinkenbergs Augen in meine Schädeldecke bohren. Die Stille in seinem Büro ist fast greifbar.

Vermutlich wartet er auf eine Reaktion meinerseits. So machen die Menschen das – sie erzählen dir was und dann erwarten sie eine Reaktion ganz so, als ob man ihnen das schuldig wäre. Wie schön wäre es, wenn eine Reaktion optional wäre. Nein, ich habe keine Meinung zu dem, was du grade gesagt hast. Get on with your life.

Ich lasse die Stille einen Moment länger als angenehm im Raum stehen, das erkennt man daran, dass das Gegenüber anfängt, auf dem Stuhl herumzurutschen oder sich zu räuspern, dann reagiere ich.

»Das war … verstörend.«

»Finde ich auch. Finde ich auch.«

»Wenn Sie das genauso sehen, dann nehme ich an, dass Sie mir damit irgendwas sagen wollen. Ich springe mal drauf an und frage: Was soll die Geschichte bedeuten?«

»Raten Sie mal.«

Warum ist alles immer ein Ratespiel? Warum machen Menschen das? Rate mal. Wenn du von mir verlangst, zu raten, ist dir bewusst, dass ich die Antwort nicht kenne, sonst müsstest du mich nicht raten lassen. Niemand ruft mit kindischem Grinsen aus: »Sag mal die Antwort!« Mich raten zu lassen, hat einzig und allein den Zweck, dass du dich an meinen ungelenken Versuchen, irgendwelche Worte zu sagen, die vielleicht einen thematischen Bezug haben könnten, ergötzen kannst. Das ist ein böses Spiel, bei dem ich nicht mitspielen will. Wenn ich muss, dann nach meinen eigenen Regeln. Also rate ich Quatsch.

»Sie wollen mir mit der Huhngeschichte sagen, dass man nicht vergessen darf, sich nach dem Essen die Zähne zu putzen.«

»Was? Nein.«

»Oh, dann ist es Gesellschaftskritik.«

»Wie bitte? Was soll's, ich sage es Ihnen einfach.«

Bestrafung erfolgreich. Hoffentlich lernt er was daraus. Ist aber eher unwahrscheinlich. Wenn ich allerdings ehrlich bin, interessiert mich eigentlich schon, worauf er hinauswill. Ich sollte lieber mal zuhören.

»Diese Geschichte hat schon mein Großvater in seiner Firma einer ganz bestimmten Gruppe von Menschen erzählt. Und zwar immer nur zu einem ganz bestimmten Anlass. Später hat mein Vater in seinem Betrieb speziellen Menschen zu einem speziellen Anlass diese spezielle Geschichte erzählt und jetzt mache ich das. Jeder dieser Menschen hört diese Geschichte nur ein Mal, aber vermutlich hat keiner sie je vergessen.«

Jetzt gibt der mir tatsächlich Rätselratespiele auf. Ich entscheide mich, das Ganze abzukürzen.

»Das heißt, Sie entlassen mich.«

»Ähm, ja, stimmt. Kennen Sie die Geschichte etwa?«

»Nein, aber jeder männliche Vertreter Ihrer Familie erzählt die Geschichte auf der Arbeit und jedem Hörer nur einmal. Da bleibt eigentlich nur die Entlassung übrig.«

»Hm. Ja, stimmt. Okay, dann sind wir hier fertig. Sie hören noch von der Personalabteilung.«

Ich hätte nicht gedacht, dass er es trotz seiner kläglichen Versuche noch schafft Spannung aufzubauen.

»Was bedeutet denn jetzt die Geschichte, Herr Brinkenberg?«

»Das haben Sie doch schon erraten. Sie wird zu Entlassungen erzählt.«

»Das ist ihr Zweck. Ich frage aber nach ihrem Sinn. Der Zweck ist, wenn sie so wollen, die dritte Dimension der Geschichte, wenn man davon ausgeht, dass die erste Dimension die Geschichte an sich ist. Die Bedeutung ist dann die zweite Dimension. Was ist die zweite Dimension ihrer Geschichte?«

»Ich befürchte, ich kann nicht ganz folgen.«

»Was ist ihre Aussage?«

»Sie sind entlassen.«

»Schon klar, aber wo ist die Verbindung zwischen dem, was in der Geschichte passiert, und ihrem Verwendungszweck, Leute zu entlassen? Warum hat Ihr Großvater genau diese Geschichte erzählt?«

»Ach so! Ja, das weiß niemand.«

»Wie?«

»Mein Großvater hat sich geweigert, das preiszugeben, und ist dann ziemlich schnell im Krieg gefallen.«

»Sie erzählen also diese Geschichte – mit dem Huhn und dem Kind und dem Bauern –, weil ihr Großvater und ihr Vater das auch schon so gemacht haben? Aus Tradition heraus?«

»Genau. Jetzt haben Sie es verstanden.«

Das ist das Dümmste, was ich je gehört habe.

Kapitel 3
Milton kommt

Ich stehe still an einem unrasierten Bahnhof. Es liegt mir fern, einen Zug zu nehmen – schlechte Erfahrungen –, ich will nur einen Kontrapunkt zur allgemeinen Geschäftigkeit bilden. Alle müssen irgendwo hin. Haben die denn kein Leben? Keiner von den Idioten kann auch nur eine Sekunde verharren, um nichts zu tun. Weil sie Angst haben, dass sofort alles den Bach runtergeht, wenn sie sich nicht ununterbrochen kümmern. Tut doch nicht immer etwas, lebt einfach mal bloß. Handelt nicht, existiert. Dann werdet ihr feststellen, wie schwierig das ist, wenn man sich nicht ständig ablenkt.

»Haltet alle mal die Fresse!«

In einem mittelmäßigen Umkreis um mich herum wird es ruhiger. Aufmerksamkeit und Erwartung peitschen in meine Richtung. Jetzt mit gutem Beispiel vorangehen. Ich tue nichts. Die Angstkümmerer sind sichtlich enttäuscht. Dann plärren Lautsprecher zur Durchsage, damit die Kümmerer das Gefühl haben, man kümmere sich um sie – damit die Welt im Gleichgewicht ist.

Achtung: Im Bahnhof sind zur Zeit Trickdiebe unterwegs. Achten Sie bitte auf ihre persönlichen Gegenstände.

»Guten Tag, ist das Ihre Uhr?«
»Ja! Das ist meine Uhr!«
»Jetzt nicht mehr.«
Idioten. Ich hau ab.

Während ich in der Bahnhofsbäckerei geprägte Metallscheibchen gegen ein Teigdingsbums mit Irgendwasbelag tausche, was ein geniales Geschäft für mich ist, schließlich haben die Metallscheibchen hauptsächlich einen imaginären Wert und das Teigdingens aber einen realen, spricht mich von hinten ein Obdachloser an.

»Hast du Kleingeld?«

Ein Bitte, eine Begrüßung, eine märchenhafte Ausrede – gib mir doch irgendwas, damit ich das Gefühl habe, für meine Großzügigkeit einen Gegenwert zu bekommen. Meine Augen versuchen, mein Gehirn zu betrachten, und ich drehe mich um.

»Hier, bitte.«

Seine Gestalt ist angenehm widerlich. Gerade so, dass man sich an seiner eigenen Menschlichkeit aufgeilen kann, aber eben auch so, dass man ihn auf keinen Fall berühren will. Darum lasse ich die rundmetallischen Vertrauensträger aus der Anzahl von Zentimetern in seine ausgestreckte Hand fallen, die verhindert, dass ich einem pathologischen Waschzwang verfalle, und mir erlaubt, mir vorzulügen, ich hätte ihn respektvoll und gleichwertig behandelt.

»Hast du noch mehr?«

Ach komm schon, Brüderchen. Was soll das? Wo war das freudig erregte Danke? Das Leuchten in deinen Augen, das mir mein Christus-Gefühl verleiht? Ich hab dir genau den Betrag gegeben, den ich für angemessen halte, Mann.

Ich hab doch in meinem Portemonnaie bewusst einen Bogen um alles gemacht, was größer-gleich fünfzig Cent ist. Aber ich will nichts sagen. Ich kann nichts sagen. Andere Idee.

»Möchtest du vielleicht auch ein belegtes Brötchen?«
»Nee, ich hab keine Zähne. Kann nicht kauen.«

Alter! Das hätte ich dir auch ohne Demonstration geglaubt. Verursacht Drogenmissbrauch einen atomischen Mundgeruch? Indirekt wahrscheinlich schon. Fuck, ich stecke zu tief in dieser Interaktion drin. Was kann ich tun?

Ich kaufe zwei Flaschen Wasser.

»Dann nimm eine von denen.«
»Nee, ich mag Wasser nicht. Kannst du die umtauschen und mir das Geld geben?«

Seine Worte wurzeln mich an – auch geistig. Entschuldige bitte. Ich hab nur versucht, dein Überleben zu unterstützen. Keine Zähne? Ja, okay. Das Argument hab ich eingesehen. Aber das? Klar weiß ich, dass du dir Drogen kaufen willst. Ich sehe es an deinem verschleierten Blick, der mir unmissverständlich signalisiert, dass du deine Umwelt nicht bewusst wahrnimmst. (Sehr dumme Menschen haben diesen Blick auch oft. Schau mal solch einem Menschen kurz in die Augen. Da fehlt dieses Funkeln, das dir sagt, dass sie wissen, was vor sich geht.)

Deswegen hab ich mir gewünscht, dass du mir irgendeinen Bullshit erzählst, damit wenigstens nicht einhundertzehn Prozent offensichtlich ist, dass du dir das Geld in den Arm jagst.

Ich meine, das ist grundsätzlich okay. Jeder mündige, erwachsene Mensch hat das Recht, sich selbstständig so zu Grunde zu richten, wie er oder sie das möchte. Es besteht jedoch ein Unterschied, ob du dich alleine fertig machst oder andere noch damit belastest. Gib mir doch wenigstens die Möglichkeit, so zu tun, als wüsste ich nicht, was du vorhast.

Aber egal! Das stört mich nur sekundär. Was mich richtig verwirrt, ist, dass du kein Wasser magst. Wie kann man Wasser nicht mögen? Wasser hat, objektiv gesehen, keinen Geschmack. Es löst an sich weder in der Nase noch auf der Zunge eine Empfindung aus, die über Temperatur und Berührung hinausgeht. Man kann Wasser nicht nicht mögen! Das ist, als würde man Luft nicht mögen. Ich mag Wasser nicht. Welches Getränk ist dem Herren denn angenehm? Brüderchen, wer bettelt, kann nicht wählerisch sein!

Wow. Ich finde die Person, die ich grade bin, wirklich abstoßend. Irgendwas habe ich falsch gemacht. Ich weiß aber weder, was, noch, was ich als Nächstes tun soll, darum gehe ich einfach weg.

Warum haben manche Supermärkte diese kleinen, automatischen Schranken vor dem eigentlichen Verkaufsbereich? Durch ihren Automatismus muss niemand irgendwas tun, damit sie funktionieren. Ob sie von selbst den Weg freigeben oder gar nicht existieren, macht für mich als Kunden doch keinen Unterschied. Außerdem bin ich bereits im Gebäude, das ich durch eine ebenfalls automatische Tür betreten habe. Die einladende Geste, problemlos hereinkommen zu können, die Botschaft: »Wir sind so offen, dass Sie nicht mal selbst die Tür bedienen müssen!« ist also bereits transportiert worden. Hinzu kommt, dass ihre geringfügigen Ausmaße jede schützende Funktion ad absurdum führen. Wenn ich von innen genau an dieser Stelle wieder hinaus möchte, dann schaffe ich das – zum Preis einer minimalen Unbequemlichkeit. Als würde man einen Stock in die Erde rammen, um dann einen Elefanten daran anzubinden. Schön hierbleiben. Das ergibt alles keinen Sinn. Die Teile verschwenden hauptsächlich Strom. Eine Fehlerquelle. Wenn ich zu schnell unterwegs wäre und/oder jemand in unglücklichem Timing vor mir durchginge, dann liefe ich sogar dagegen. Die bremsen mich aus. Moment mal, vielleicht ist es genau das. Die sollen mich verlangsamen, bevor ich den Verkaufsbereich betrete, damit ich nicht einfach hineinstürme, hole, was ich brauche, und wieder weg bin. Ich soll möglichst viel Zeit im Geschäft verbringen, damit ich mich zum Kaufen verführen lassen kann. Oh, das könnte euch so passen. Ich lass mich nicht von euren verkaufspsychologischen Tricks manipulieren und diese lächerliche Schranke hält mich schon gar nicht auf. Mein Vater hatte mal Hürdenlauf in der Schule!

Ich renne los und springe.

»Geht es Ihnen gut?«

Die Frage fällt aus dem bärtigen Gesicht des Ladendetektivs auf mich herab und spült mich davon.

Meint der das ernst? Will der wirklich wissen, ob es mir gut geht, oder macht der nur Konversation? Wie geht es mir überhaupt gerade? Ich evaluiere meine Situation. Ich liege auf dem Boden. Der Sprung über die Schranke ist gescheitert. Meine Knochen sind unversehrt. Es treten keine Körperflüssigkeiten aus. Mein Schädel schmerzt geringfügig. Ich muss wohl meinen Sturz mit dem Kopf abgefedert haben, weshalb mir anscheinend irgendwas zwischen drei

Sekunden und drei Minuten Bewusstsein fehlen. Körperliche Schäden minimal. Alle Stationen wieder bemannt.

Tiefergehend sieht meine Lage so aus, dass ich meinen Job verloren habe, weshalb mir tägliche meditative Entleerung meiner Selbst fehlt, um zu funktionieren. Ich treibe. Aber nicht in einem Strom der Gedanken. Wer auch immer auf die Idee gekommen ist, Gedanken und Bewusstsein mit einem Fluss zu vergleichen, tut mir auf der einen Seite unfassbar leid und auf der anderen Seite beneide ich die Person brennend. Im Prinzip ist ein Fluss zweidimensional. Natürlich hat er auch eine Tiefe (insofern irgendwie schon ein gelungener Vergleich), aber ein Fluss fließt nur in eine Richtung. Das ist vereinfachend und einschränkend zugleich. Seit ich keine Arbeit mehr habe, die mir eine Dimension abnimmt, ist mein Bewusstsein, sind meine Gedanken wieder unangenehm dreidimensional. Es fließt in alle Richtungen gleichzeitig und durcheinander.

Ich treibe in einem Gas der Gedanken. Ich werde hin- und hergerissen von einer viel zu komplexen Flussdynamik und zittere unter der Brown'schen Bewegung. Wer hätte gedacht, dass ich meinen Job mal vermissen würde?

»Ob Sie okay sind, hab ich gefragt.«

Lügner. Hast du überhaupt nicht. Du hast gefragt, ob es mir gut geht, und mich unterbrochen, bevor ich Zeit hatte, die erste Frage ordentlich zu erörtern. Dann willst du auf einmal zusätzlich noch wissen, ob ich okay bin ... Was machst du mit all den Informationen über mich? Wieso glaubst du überhaupt, dass ich dir weitere Sachen verrate, wenn du unser fragiles Vertrauensverhältnis bereits jetzt mit Lügen torpedierst?

»Lügner.«

»Wie bitte?«

Aha, er scheint sich nicht ertappt zu fühlen, sondern eher verwirrt. Das bedeutet, dass er einfach nur Konversation machen möchte. Es ist nun also an mir eine passende, höfliche Floskel auf »Geht es Ihnen gut?« und »Sind Sie okay?« zu erwidern.

»Danke und selbst?«

Ironischerweise nötigt seine hilfsbereite Hand, die nur das Richtige tun will, mich zum Körperkontakt, was die ganze professionelle Funktion seines Körpers entwertet. Er hilft mir auf, was an sich auch unnötig ist. Aufstehen kann ich. Das habe ich geübt. Der Mann wird mehr zu einer Supermarkteingangsbereichsschranke.

»Und selbst? Kumpel, ich bin nicht derjenige, der hier zehn Minuten lang im Eingang gestanden und versucht hat, den Einkauf zum Hürdenlauf zu machen.«

Kennt der meinen Vater? Ich entscheide mich, zu lächeln, dem Ladendetektiv freundschaftlich auf die Schulter zu klopfen und zwanzig Euro zuzustecken, um dann so normal wie möglich den Laden zu betreten.

Der Prozess des Einkaufens an sich lag mir noch nie. Früher habe ich geglaubt, dass das Gefühl tiefster widerlicher Abneigung aus einer Art Scham herrührt – der Angst, wie andere Menschen wohl bewerten, was ich mir da zusammenkaufe. Genauer gesagt: wie andere Menschen das wohl verurteilen, denn niemand hat Angst davor, dass Leute die Produkte, die du erwirbst, zu cool finden.

»Wow! Ein Kasten Bier, Whiskey, Cola, Knabberkram, Konfetti, Partyhüte, Kondome, Zigaretten ... Was ein krasses Menschenkind!«

Es geht um die Augen, die Körper, die sich wegdrehen, die nonverbale Kommunikation, die dich wissen lässt, dass du eine seltsame Gestalt bist und es nicht normal ist, was du da einkaufst.

Das hat nichts mit Unsicherheit zu tun und spar dir dein »Das macht doch niemand«. Natürlich schaut man an der Kasse, was die anderen eingesammelt haben. Genauso wie niemand Angst vor positiven Bewertungen hat, hält sich niemand mit dem Bilden positiver Bewertungen auf. Na klar, du bist gelangweilt, und aufgeschlossenes, einfühlsames Denken unterhält nicht. Es macht viel mehr Spaß, sich aufzuregen, Leute zu hassen oder eben zu verabscheuen.

Was soll man auch anderes tun, wenn man da steht und es nicht weitergeht, weil vorne eine astronomisch alte Dame auf den Cent genau bezahlt? Warum tun die das überhaupt? Minutenlang jede Münze einzeln raussuchen, wieder ins Portemonnaie fallen lassen, sich dann verzählen und von vorn beginnen, als wären wir alle in einer Zeitschleife gefangen! Runde doch einfach auf! Gib den nächstgrößeren Schein raus! Was auch immer! Man kann Zeit nur dann verschwenden, wenn man welche hat. Wenn sich jemand beeilen muss, dann die! Will die ihre letzten Moment wirklich hier an der Kasse verbringen? Mach hin, der Tod kommt! Wobei, vielleicht steht der Tod auch hinten in der Schlange und wartet genauso darauf, mit seinem Leben weitermachen zu können.

Das ist vielleicht maximal zynisch, aber die Alternative bedeutet, zu erkennen, dass da ein Mensch ist, der von seinem Körper betrogen wird. Sie verliert die Kontrolle. Alles wird steifer, langsamer, unklarer. Nichts funktioniert mehr so einfach wie früher, wie man sich das vorstellt. Von Tag zu Tag wird der Kampf mit dem, was Jahrzehnte lang freundschaftlich und treu mit dir zusammengearbeitet hat – deinem eigenen Körper –, härter, erschöpfender, frustrierender. Verrat.

Möglicherweise zieht sie auch bewusst den Moment in die Länge, um ihn auszukosten. Diesen einen Moment der sozialen Interaktion als Höhepunkt in einer Woche, die jeder anderen in jeder Sekunde exakt gleicht, sodass Zeit fast jede Bedeutung verliert. Ein Lebensfraktal.

Dieser Spiegel. Mir wird schwindelig. Meine Empathie irritiert mich. Und das ist genau das Problem. Einfühlsames Denken birgt die Gefahr, dass man Mitleid erleiden muss. Schnell weg davon und zurück.

Manchmal machen Komiker Scherze, dass sie gerne Kombinationen von Dingen kaufen, die das Kassenpersonal verstören sollen. Ein Gürtel, Klopapier, Gleitgel und dann noch die Bibel oder die Wendy.

Im Prinzip ist das eine gute Idee. Man bezwingt seine Angst vor den verurteilenden Mündern der anderen (ich fand schon immer, dass Münder wesentlich verurteilender aussehen als Blicke), indem man bewusst mit ihren Vorurteilen spielt.

Doch das ist zu kurz gedacht. Die Konsequenz daraus ist nämlich, dass du die Bude voll mit dem absurdesten Scheiß hast – Aerobic-Videos aus den Achtzigern, fünfzig Gläser Nutella und ein einzelner Löffel; eine Schaufensterpuppe und Kondome; Schaumbad, ein Fön und das Buch »Testamente für Dummies« – aber eben nicht das, was du tatsächlich brauchst.

Doch das ist alles Bullshit. Mein Hauptproblem ist ein anderes ... Wieder ein Gedanke, der schlussendlich ins Nichts führt. Warum kann ich mich nicht konzentrieren?

Ich treibe mich durch das Labyrinth. Umgeben von schleichenden, ältlichen Minotauren, die Geräusche ausstoßen, die ich verstehen müsste, doch ich bin zu fokussiert. Mit größter Anstrengung bringe ich die Konzentration auf, die meine Einkaufstasche mit einem goldenen Faden aus Produkten füllt. Diese sind zwar nötig, wenden allerdings keine Not. Mittel zum Leben, keine unabdingbaren Lebensmittel. Ein antiker Hunger blendet mich, zu kaufen.

Während die greisen Monster gegeneinander und die Regale rempeln, versuche ich, sie zu vermeiden, um nicht in ein ultrakomplex einfaches Gespräch verwickelt zu werden. Jede dieser alten Damen befindet sich am vorläufigen Ende einer Verkettung von Entscheidungen, Zufällen und Ereignissen, die sie an exakt diesen Punkt der Raumzeit geführt hat. Eine unerträglich realistische Erzählung. Holistisch betrachtet höchst langweilig.

Es steht zu vermuten, dass, wenn nur ein Quant sich anders verhalten hätte, wir nun alle Waschbecken statt Gesichter hätten. Wollte man etwas kommunizieren, man müsste es mit dem Wasserhahn morsen.

Aber das ist nicht passiert. Es ist alles auf die Art und Weise gekommen, die dazu führt, dass jetzt diese Begebenheitskonstellation erreicht wurde. Die Entdeckung des

Feuers, Kriege, das Verwelken des Salatkopfes bei Frau Müllermaierschmidtbaumann. Die gesamte Geschichte der Menschheit und des Universums kollabiert in diesem Ereignis, dass ich im Supermarkt bin. Die Kartoffel in meiner Hand ist darum essenziell vieldeutig.

Und plötzlich schockt eine kaskadische Entladung von Sinneseindrücken mein System. Gieß dir einen verdammten Eimer Eiswasser über den Kopf. Dieser winzige Moment, in dem du hundertzehn Prozent am Leben bist – eintausend Prozent wach –, dehnt sich auf eine unendliche Sequenz von quantisierten Zeitabschnitten ein. Die Wahrnehmung eines Augenblicks wird infinitesimal und hyperbolisch intensiv. Meine sensorischen Organe feuern alle gleichzeitig und gleich wichtig.

Doch ich werde nicht fortgespült durch den buchstäblich ungefilterten Informationsoverkill. Ich bin in Anwesenheit gefangen. Ich bin viel zu anwesend. Sofort kribbelt Adrenalin in meinen Füßen empor. Als hätte man mich unten angezündet. Alle Regler der Wirklichkeit werden auf elf gedreht.

Kreischende Farben, elektrisch brutzelndes Licht, herabregnende Musik, stinkende Geräusche, blendende Düfte, matschige Gerüche, drückende Temperatur, laute Kleidung auf der Haut, die sirrende Baumwolljutemischung in meiner Hand (Millionen knisternder Fasern), meine bunten Schritte auf dem Boden, das graue Federn meiner Gummisohlen und Menschen, Menschen, Menschen.

Ich bin nicht mehr in der Lage, die wichtigen von den unwichtigen Eindrücken zu filtern. Alles strömt ungedrosselt auf mich ein und das zu verarbeiten, saugt mich leer. Ich fühle, wie meine ganze Kraft innerhalb von Minuten aufgebraucht wird. Keine Energie mehr. Mir wird schlecht.

Absolut überflutet stolpere ich durch die Regalreihen. Jede Frequenz des Leuchtstoffröhrenlichtes bohrt sich in meine Augäpfel. Ich kann nicht mehr. Ich muss hier raus. All die quietschkreischbunten Produkte mit ihren rasiermesserscharfen Konturen beginnen paradoxerweise, ineinander überzufließen, wabernde, sich überlagernde Quantenfelder, und sie brüllen mich an.

»Kauf mich!«

»Nein, kauf mich!«

»Ich bin viel kaufenswerter als die anderen!«

»Ich will mit dir kommen!«

»Kauf lieber mich!«

»Mein Preisvorteil ist viel größer!«

Das Geschrei wird überlagert von einer davon klar differenzierten Popmusik, die leise aus den Lautsprechern über mir dröhnt. Hinzu kommen sich durchmischend gesonderte Geräusche eines Supermarktes. Stimmen, das Quietschen von Einkaufswagenrädern, das Einpacken und Auspacken von Konsumgütern, das Knistern von Plastik. Vielfälligst verschiedene Gerüche dringen gewaltsam in meine Nasenlöcher ein und machen eklige Lust auf mehr, MEHR, MEHR.

Raus. Ich muss dringend raus, aber ich hab schon längst die Orientierung verloren. Panik. Scheiße, ist mir schlecht. Hol mich irgendwer hier raus!

Eine alte Frau kommt auf mich zu. Sie ist das Älteste, was ich je gesehen habe. Ich kann jedes Atom an ihr und von ihr ausgehend wahrnehmen. Jeder wacklige Schritt, mit dem sie ihren Wagen auf mich zu schiebt, wirft eine

Gigantilliarde neuer Möglichkeiten, wie eine soziale Interaktion hypothetisch mit ihr ablaufen könnte, auf, die alle durchdacht werden wollen.

Durch die Nähe zwischen uns, die wie eine canyonhafte Entfernung wirkt, greifen meine Hände nach ihrem Vehikel. Ich finde Halt und kotze auf ihren Einkauf. Richtiges, echtes *Hier stimmt was ganz grundlegend nicht*-Kotzen. Wenn du dich schon mal high erbrochen hast, hast du ein grobes Gefühl, wie sich das anfühlen kann. Als würde man einen Dämon aus der Seele würgen.

Ich rutsche ab und pralle auf den Boden. Mit dem Kotzen kommt immer auch eine Befreiung, eine sofortige Besserung, aber jetzt liege ich da und bin vor reiner, gleißender Erschöpfung unfähig, mich zu bewegen. Wenn mich doch nur jemand hier rausholen würde.

Etwas packt mich am Kragen, dann werde ich aus dem Laden geschleift. Eine letztes Aufbäumen, ein Blick in Zugrichtung offenbart ein blaues Huhn. Ich weiß, dass es nicht wirklich existiert. Und außerdem heißt es Milton.

Kapitel 4
Vögel im Kopf

Wer hätte gedacht, dass sich treiben zu lassen, dazu führen kann, dass man in einen Strudel gerät? Hätte man eigentlich drauf kommen müssen. Nun ist es zu spät. Ich sehe bereits das Zentrum der Spirale und aus diesem irrealen Auge heraus starrt mich Milton an.

Das muss ein unwirkliches Bild für die anderen Kunden gewesen sein, wie ich erst zusammengebrochen bin und dann von einem blauen Huhn aus dem Laden gezogen wurde. Die Münder haben jedenfalls nicht mehr geurteilt. Sie waren zu sehr damit beschäftigt, große, verwirrte Löcher zu sein. Das ist doch genau die Idee hinter dem, was die Komiker beim Einkaufen bewitzeln. Verurteilung mit Irritation durchbrechen.

Das Problem ist nur, dass das nicht passiert ist. Das muss mir mein Verstand vorgegaukelt haben, denn selbst wenn es blaue Hühner namens Milton geben würde, die könnten doch gar nicht die nötige Zugkraft aufbringen. Physikalisch funktioniert das nicht. Wie viele Hühner braucht man, um eine Person zu ziehen? Halt, das klingt nach dem Anfang eines schlechten Witzes.

Viel wichtiger ist die Frage, wie ich damit umgehe. Wie verhalte ich mich dem Huhn gegenüber? Ich habe das Gefühl, dass ich mich bedanken sollte. Ha. Komisch. Mich bedanken ist genau die richtige Wortwahl. Das blaue Huhn existiert schließlich nicht. Mein Verstand hat es erschaffen. Ich würde mich also nur bei mir selbst bedanken. Ich bedanke mich buchstäblich. Das erscheint mir ziemlich arrogant. Danke, ich, dass ich mich gerettet habe. Lächerlich.

Warum sollte ich überhaupt mit ihm reden? Es spricht schon kein Arsch mit echten Hühnern – mit Hunden oder Katzen vielleicht, aber nicht mit Hühnern. Das wäre bekloppt. He, da ist der Typ, der mit Hühnern spricht, schlagen wir ihn mit einem Stock. Aber schnell, sonst labert der den Stock auch noch voll.

Ich ignoriere es einfach. Das wird sicherlich das Beste sein, ja. Nein, ich kann es nicht ignorieren. Es ist ein Huhn, leuchtend blau, und heißt Milton. Es ist, als wollte es um jeden Preis wahrgenommen werden. Selbst wenn es einfach nur ein Huhn wäre, wäre das schon auffallend genug, denn wann sieht man in der Stadt mal ein lebendiges Huhn? Das ist ein Fremdkörper. Bemerkenswert, absonderlich, Zeitungen schreiben darüber. »Huhn in Stadt gesichtet.« Man kann sein ganzes Leben hier verbringen, ohne jemals mit so was in Kontakt zu kommen. Eier wachsen in Kartons und was da am Grillspieß rotiert, ist Nahrung. Ein Ding. Kein Lebewesen.

Es kann auch gar nicht gesund sein, ein derart deutliches Signal zu ignorieren. Wenn du eines Morgens aufwachst und dein Bein ist abgefallen, dann denkst du auch nicht, dass das schon gehen wird, indem du hüpfst. Außerdem müsste ich dann jeden Tag einen Teil meines geistigen Arbeitsspeichers darauf verwenden, aktiv ein blaues Huhn auszublenden. Klingt anstrengend. Permanent leicht unangenehm.

Doch allgemein bleibt die Frage, wie man höflich mit einer nichtexistierenden Person umgeht. Wirklich höflich wäre es wohl, sie wie eine reale zu behandeln. Der Daseinsgrad einer Person ist ihre ureigenste, persönliche Angelegenheit und hat mich nichts anzugehen. Es steht mir nicht zu, darüber zu urteilen. Einige der besten Menschen hat es nie wirklich gegeben. Sherlock Holmes. Oder Lara Croft. Aber wie steht es mit inexistentem Geflügel? Soll ich mich schlicht und ergreifend wie immer verhalten? Bedeutet das, dass ich es essen sollte? Es kommt aus mir in die Wirklichkeit und wenn ich es wieder in mich zurückstopfe ...

»Blaues Huhn zu essen, klingt nach keiner guten Idee.«

Der akustische Reiz lässt den Parkplatz zurückschnacken. Es spricht. Bei der Penisprothese von Freuds Mutter, es ist ein Huhn. Es sollte nicht sprechen. Als ob es nicht schlimm genug wäre, dass es einfach nur da ist, in all seiner huhnhaftigen Blauheit. Anscheinend bin ich nicht nur wahnsinnig geworden, sondern auch verrückt.

Mir klingt der Schall noch in den Ohren, was bedeutet, dass es keine Stimme in meinem Kopf ist. Stimmen im Kopf zu hören, ist für Anfänger. Oh-oh, ich höre Stimmen im Kopf. Ja, wo denn sonst? Wir alle haben die Ohren am Kopf, wo sonst solltest du Stimmen hören? Komm wieder, wenn du Stimmen im Knie hörst. Das wäre ordentlich verrückt.

Wenn das Huhn doch nur in meinem Knie gesprochen hätte, aber es hat nun mal hörbar von dort, wo es steht, gesprochen – anderthalb Meter vor meinem Körper, der auf der Bordsteinkante sitzt, steht es da zwischen zwei Mittelklassewagen auf dem Asphalt des Parkplatzes –, was seine zweifelhafte Wesenheit weiter in die Wirklichkeit zementiert. Müsste ich es jetzt noch berühren, die unheilige Dreifaltigkeit wäre perfekt.

Riecht das hier nach Huhn? Keine Ahnung. Es sind zu viele Gerüche in der Luft. Abgase überall, verderbende Lebensmittel aus den Mülleimern hinter mir, Hunde oder Hundescheiße vor dem Geschäft und über allem der unverwechselbare Duft des Frühlings, der sich neben Gräsern, Bäumen und Blumen hauptsächlich durch eine wärmere Lufttemperatur auf den Nasenschleimhäuten auszeichnet.

Plötzlich erinnere ich mich, dass ich, als ich sieben oder acht Jahre alt war, mal der Mutter eines Freundes erzählt habe, ich könne Temperatur riechen. Sie war erst sehr fasziniert und dann nicht mehr, als ich beschrieb, dass ich das Wärme- oder Kälteempfinden der Luft in meiner Nase meine.

Die anderen Bereiche des Wahrnehmungsspektrums fühlen sich vernachlässigt und wollen bemerkt werden. Mächtig drängeln sie sich vor.

Ich höre neben Autos, Menschen, quietschenden Einkaufswagen und ihren Rollen auf vulkanischem Straßenbelag, einer Lüftungsanlage und Stadtgrundrauschen die Vögel singen. Klassischerweise erfreuen sich Land auf, Land ab die Leute an diesem Schauspiel. Versteh' ich nicht. In Wahrheit singen Vögel nicht schön. Die rufen alle immer nur: »Fick mich!«

Ich flüchte in das Meer von Sinneseindrücken, das mich aufdringlich fortzuspülen versucht.

»Hebers, bleib bei mir!«

Ich will nicht. Lass mich vergehen, mich auflösen in der Welt. Hör einfach auf, zu sprechen, damit ich in Ruhe den Übergang schaffen kann.

»Es kann dich nicht ernsthaft überraschen, dass ich spreche. Immerhin komme ich direkt aus deinem Kopf. Ich nehme sogar Bezug auf deine Gedanken. Könnte es irgendwie deutlicher sein? Und du wusstest das alles ab dem Moment, als ich dich im Supermarkt gepackt habe.«

Ich bin halb baff. Das Huhn hat recht, aber wenn ich jetzt antworte, bedeutet das, dass ich seine Existenz anerkenne.

»Ach, ich bitte dich. Natürlich existiere ich.«

»Was?«

»Ich bin da. Du siehst mich, du hörst mich, du kannst mich sogar anfassen. Wie real soll ich denn bitte noch werden?«

»Aber objektiv gesehen, von außen betrachtet, bist du nicht da.«

»Komm mir nicht auf die Tour!« Milton wird wütend, was interessant zu beobachten ist, weil ich noch nie ein Huhn habe wütend werden sehen. Seine Federn bauschen sich auf, sein Kamm schwillt an und sein Kopf zuckt bedrohlicher. Belustigend wirkungslos.

»Mag sein, dass nur du mich sehen kannst, Hebers. Mag sein, dass ich kein physikalisches Objekt bin. Mag sein, dass ich nur in deinem Kopf bin. Aber! Aber deine Gedanken und Gefühle sind doch auch nur in deinem Kopf. Macht sie das weniger real? Würdest du von deinen Emotionen sagen, dass sie nicht existieren? Nein. Fantasie ist real. Virtualität ist real. Ideen allgemein sind real. Das ist alles Teil der Gesamtheit des Universums. Und das meine ich jetzt nicht auf die Hippie-Art. Es sind vielleicht keine physikalischen Objekte, aber sie sind, was sie sind. Ideen. Gedanken. Wenn das nicht real wäre, würde das nicht existieren und also auch nicht gedacht werden können. Du musst nur eine Perspektive gewinnen, welche Position diese Dinge in der Wirklichkeit haben. Sherlock Holmes ist vielleicht kein physikalischer Mensch, aber er existiert als das, was er ist: eine fiktive Figur. Andernfalls gäbe es keine Sherlock-Holmes-Romane. Dann gäbe es nicht mal den Gedanken von ihm. Was du tust, wenn du sagst, dass ich nicht da bin, ist, dass du mir meine Existenz absprichst, nur weil ich nicht physikalisch bin. Das ist Diskriminierung, du physikalistisches Schwein! Ist natürlich leicht für dich als physikalisch privilegierten Menschen, mich einfach ins Nichtsein abzuschieben. Dann musst du dich nicht mit mir auseinandersetzen. Aber ich existiere – auf meine Weise. Ich bin eine stolze, imaginäre Daseinsform und als solche habe ich ein Recht darauf, wahrgenommen zu werden. Nein, ich verlange es sogar!«

Milton schaut mich feindselig an. Seine Tirade scheint vorerst beendet zu sein. Jetzt fühle ich mich schuldig und ich kann mich nicht erinnern, wann in dem Strudel aus *Egal* ich das zum letzten Mal getan habe. Ich versuche, das Thema zu wechseln.

»Reden wir tatsächlich miteinander? Ich meine, physikalisch gesehen. Ich weiß, du redest physikalisch nicht, klar – und das akzeptiere ich vollkommen, ehrlich –, aber spreche ich gerade? Sitze ich auf dem Parkplatz und brabbel vor mich hin, warte kurz und nehme dann Bezug auf das, was du in meinem Kopf gesagt hast? Oder ist das hier ein innerer Monolog? Was passiert hier eigentlich genau?«

Er guckt irritiert, dann schüttelt er seine Federn aus, was auf mich irgendwie genervt wirkt.

»Du bist vielleicht verrückt, aber nicht bescheuert, und ich muss dir nicht sagen, dass akustisch mit mir zu reden, vollkommen unnötig ist. An deiner Stelle würde ich allerdings darauf achten, nicht versehentlich stumm die Lippen zu bewegen. Das sendet deinen Mitmenschen kein gutes Signal.«

»Okay ... Also bin ich jetzt offiziell verrückt?«

»Ja.«

»Oh.«

»Ja, Hebers, hör unbedingt auf deinen imaginären Freund, wenn er dir sagt, dass du verrückt bist. Das ist clever.«

Von mir unbemerkt und damit überraschend tritt eine Frau durch Milton hindurch. Dieser erscheint plötzlich links neben mir und pickt zornig auf den Bürgersteig.

»Mensch, du musst aufpassen, wo du mich hinhalluzinierst. Ich hasse das, wenn die durch mich durchlatschen. Das ist ein Hassverbrechen!«

Ich halte das für übertrieben, aber vielleicht bin ich dahingehend einfach noch nicht sensibel genug. Man tut gut daran, als undiskriminierter Mensch den Unterdrückten zuzuhören. Die Frau beginnt, Geräusche zu machen. Sie wirkt ernst, von oben bis unten. Ihre Kleidung ist ernst und ordentlich. Gefangen im Hosenanzug. Ihre Haare sind auch ernst. Scheiße, ihre Haare sind richtig ernst. Jede Strähne ist an dem Platz, den ihr von Micromanagern kalkulierter Monatsplaner für sie vorgesehen hat. Die ganze

Form des Haarkonstruktes, der implizierte Aufwand und der saubere Glanz der Professionalität schreien »Ernst!« in meine Augen. Perfekte optische Suggestion. Wenn du ihren Haaren einen Witz erzählen würdest, sie würden sich aus dem Dutt lösen, vorschnellen und dich erwürgen. Was will eine solche Person von einem Typen wie mir?

»Geht es Ihnen gut? Sie sitzen hier so traurig und starren vor sich hin. Ich war eben einkaufen und als ich reinging, saßen sie auch schon hier. Kann ich Ihnen irgendwie helfen?«

»Ey, Hebers, da hast du deine Antwort. Du führst tatsächlich keine Selbstgespräche.«

Ruhe, Milton, ich muss meine Gedanken ordnen, damit ich durch diese Interaktion komme. Das ist alles zu viel auf einmal. Zu viel Neues. Zu viel, was ich erst mal verdauen muss. Starre ich schon wieder zu lange?

»Frag sie, ob sie Kleingeld hat.«

Was soll das denn bringen?

»Dann hält sie dich für einen Penner und geht weg. Wir beide waren noch nicht fertig mit reden.«

Spinnst du, Milton? Die denkt doch dann bestimmt, dass ich ein Junkie wäre, und ruft die Polizei. Gibt es eigentlich eine abwertendere Bezeichnung für einen Menschen als Junkie? Übersetzt bedeutet das Mülli. Entmenschlichung, aber bis hin zum unnötigsten, ekligsten Objekt, das es gibt.

»Also irgendwas musst du jetzt sagen, Hebers. Erzähl ihr einen Witz. Sie sieht aus, als könnte sie es gebrauchen.«

Nein, dann erwürgen mich ihre Haare. Das kann ich nicht riskieren.

»Hm, stimmt. Warte, ich hab eine Idee.«

Es sollte mich beunruhigen, dass meine Ideen neuerdings auf eigene Ideen kommen und diese sogar vor mir verbergen können, denn ich habe keine Ahnung, was Milton nun vor hat. Es ist, als würde ich versuchen, in mein Unterbewusstsein zu greifen, diesen trüben, dreckigen Teich. Das blaue Huhn scheint mir gegenüber einen unfairen Vorteil zu haben: Es weiß, was ich denke, aber nicht umgekehrt.

Unterdessen hat Milton sich zum zweiten Mal aufgelöst, um dann auf dem Kopf der ernsten Frau wieder zu erscheinen. Diese beginnt erneut, Geräusche zu produzieren, doch das bekomme ich gar nicht mehr mit. Fasziniert beobachte ich, wie das Huhn auf ihrer Frisur herumstolziert, wobei er sie mit seinen Krallen zerzaust und neu formt. Er wirkt sehr geschäftig, als hätte er ein ganz bestimmtes Ziel. Dass hier die imaginäre Welt den strengsten Auswuchs der physikalischen Welt verspottet, belustigt mich milde.

Schließlich ist er fertig. Er hat ein Nest gebaut, in dessen Zentrum der Dutt ruht. Zufrieden lässt er sich nieder und beginnt das Haarkneul auszubrüten. Kurze Zeit später erhebt er sich wieder, um sein Werk zu begutachten. Der Dutt bricht auf und aus ihm schlüpfen kleine Huhnversionen der ernsten Frau – Harpyien –, die sofort beginnen, das Haupt ihrer Haarmutter keckernd zu umflattern.

Ich kann nicht anders, als laut loszulachen. Perplex hört die Dame auf, Geräusche auszusondern. Ihr Gesicht ist ein brodelnder Kessel aus Grimassen, von denen mich Harpyien und Desinteresse abhalten, sie auseinanderzudeuten. Vorsichtig schleicht sie rückwärts davon.

»Na, das lief ja nicht so toll. Sie wollte dir helfen, aber du lachst sie einfach aus.«

Ein Wind weht mir um die Nase, Milton hockt jetzt wieder neben mir und ich streichle geistesabwesend sein Gefieder.

»Ist doch egal, vielleicht ist das auch nicht wirklich passiert.«

»Bist du doof? Natürlich ist das passiert.«

Er windet sich aus meiner Hand, um irritiert zu gucken.

»Die Frau war da. Die hat mit dir gesprochen.«

»Und was ist mit den Harpyien, die du ausgebrütet hast? Die waren auch echt, oder was? Außerdem, wie kommst du dazu, zu brüten? Du hast doch einen Kamm. Macht dich das nicht zum Hahn?«

»Also erstmal bin ich Milton, das blaue Huhn. Das *Huhn*. Nicht *Hahn*, nicht *Henne*, einfach nur neutral, das *Huhn*. Ich kann männlich und weiblich sein, wie ich eben Bock habe, du halbgare Person, denn ich bin imaginär. Ich kann einen Kamm haben und Eier ausbrüten. Und weiterhin ist das mit den Harpyien natürlich nicht passiert. Das hab ich in deinem Kopf erzeugt, um dich aufzuheitern und die Interaktion zu beenden.«

»Das bedeutet, ich hab tatsächlich laut gelacht.«

»Natürlich, sonst wäre die doch wohl nicht weggegangen. Das steckt doch auch in dem Wort ›laut‹ drin, oder?«

»Oh.«

Verständlicherweise bin ich verwirrt. Für ihn ...

»Streng genommen ist das dann auch das falsche Pronomen, wenn du an mich denkst, Hebers.«

»Ach ja, stimmt natürlich. Aber wäre es für dich in Ordnung, wenn ich von deinem Vornamen ausgehend, maskuline Pronomen verwende, um dich anzusprechen?«

»Siehst du? Das ist alles, was ich wollte. Gefragt werden. Dass du mich respektierst. Und jetzt benutze deine albernen, maskulinen Pronomina, um dich darüber zu wundern, dass für mich die Grenzen materieller und immaterieller Welt klar definiert zu sein scheinen, sie aber für dich zu verschwimmen beginnen.«

»Toll, das muss ich ja nicht mehr denken.«

»Genau. Ich versuche, das hier zu beschleunigen. Mir wird nämlich langweilig. Du fängst doch jetzt superlahmarschig an, zu bezweifeln, ob alles überhaupt wirklich real ist. Was richtig dumm ist. Lass dich doch einfach von deinem Gefühl leiten. Erspüre das doch einfach. Jetzt regst du dich über das Wort einfach auf, weil dir das alles sehr komplex und tiefgreifend erscheint. Was wäre denn, wenn du dein Leben lang von einem bösen Dämon getäuscht wurdest, der dir die Welt nur vorgegaukelt hat?

Und ich würde dann sagen: ›Halt dein Maul.‹ Was soll das? Ernsthaft? Du fängst an, ein blaues Huhn zu sehen, und sofort existieren unweigerlich auch Dämonen, die Zahnfee, Gott und der Weihnachtsmann, oder was?

Worauf du dann erwidern würdest: ›Aber wo ist denn der Unterschied zwischen dir und beispielsweise dem Weihnachtsmann?‹«

»Genau. Und ich würde gegenfragen: ›Siehst du den Weihnachtsmann?‹ Du würdest beschämt zu Boden schauen und antworten ...«

»Nein?«

»Braves Hundchen. Ich kann die nämlich auch nicht sehen. Die darf man auch gar nicht sehen können, weil die eine ganz andere Kategorie von imaginärem Dasein sind. Wenn einer einen imaginären Freund hat, dann ist er verrückt. Wenn eine Million Menschen den selben imaginären Freund haben, dann ist das eine Religion.«

»Ich versteh die Regeln immer noch nicht.«

»Musst du auch gar nicht. Tut niemand. Aber im Gegensatz zu dir haben die meisten anderen ein natürliches Gespür für die Wirklichkeit. Die fühlen einfach, was richtig und was falsch ist. Aber wir beide lassen jetzt die ganze Am-eigenen-Verstand-zweifeln-Sache mal bleiben, okay?«

Es entsteht eine Stille zwischen uns, die keine ist, weil Milton per definitionem alles mitbekommt, was in meinem Kopf passiert.

»Hebers, erinnerst du dich, als ...«

»Ja.«

»Das war witzig.«

»Nein.«

Mein Gehirn fühlt sich seltsam an. Eigentlich sollte man nicht mitbekommen, dass es überhaupt da ist (es sei denn, man hat Kopfschmerzen), aber irgendwie kann ich spüren, wie eine Erinnerung aus meinem unterbewussten Langzeitgedächtnis gezerrt wird, um ins Arbeitsgedächtnis gepflanzt zu werden. Milton sieht mir dabei direkt in Augen, jedenfalls so gut er das als Huhn eben kann, und das ist überraschend okay.

»Erinnerst du dich ...«

»Die Frage ist doch rhetorisch. Erstens weißt du es und zweitens zwingst du mich.«

»Stimmt, Hebi, das ist reine Höflichkeit, gut erkannt. Schön, zu sehen, dass du wenigstens zu dir selbst höflich bist.«

Ich seufze und lasse die Erinnerung passieren. Ich bin wieder neunzehn. Um mich herum tobt der Wirbelsturm eines Festivals, während ich in einem 1x1-Meter großen, gelben Quadrat stehe und rauche. Es ist kein Raucherbereich. Die Leute erkennen die leuchtende Warnfarbe von weitem und machen einen verwirrten Bogen darum. Dankbarkeit.

»Alter, du hast echt auf einem Festival deinen persönlichen Freiraum markiert? Du hast ein Quadrat aus gelben Bändern gebastelt und mitgebracht?«

Er lacht gackernd. Wie auch sonst.

»Es ist nicht dumm, wenn es funktioniert.«

»Vielleicht nicht dumm, aber trotzdem weird. Ach Hebi, warum gehst du dann überhaupt hin? Kannst auch zuhause die Anlage aufdrehen und dir so einen Tinitus holen.«

»Warum machen wir das jetzt? Warum kramen wir in Erinnerungen, die du ohnehin kennst?«

Das blaue Huhn plustert sich empört auf.

»So macht man das eben, wenn man sich anfreundet. Man erzählt sich lustige Anekdoten. Bei uns sind die halt deckungsgleich, aber das hält uns zwei doch nicht vom Schwelgen ab, nicht wahr, mein maginärer Freund?«

»›Maginärer Freund‹?«

»Ja, ich bin dein imaginärer Freund und du bist das Gegenstück dazu. Mein maginärer Freund. Das klingt auch besser als Hebi.«

Ich unterdrücke aktiv den Drang, anzumerken, dass ein maginärer Freund schlicht und ergreifend ein normaler Freund ist. Vermutlich ist es keine gute Idee, noch mehr existenzistische, physikalistische Sprüche vom Stapel zu lassen.

»Gut gemacht.«

Dann passiert etwas, das zwar abzusehen war und vom Prinzip des Körperkontaktes her auch schon unbewusst passiert ist, mich aber dennoch überrumpelt. Milton schlägt dreimal sperrig mit den Flügeln, katapultiert sich ungelenk in die Luft und landet auf meiner Schulter. Anscheinend werde ich noch eine ganze Weile brauchen, bis ich mich an diese neue Situation gewöhnt habe. Ich starre ihn verdutzt an, woraufhin er mir einen Flügel auf die Lippen legt.

»Mach's nicht kaputt, Hebers.«

In diesem Moment wird mir etwas klar.

»Das Lächerliche an meinen Jugendproblemen von damals ist, dass sie mir im Nachhinein unbedeutend vorkommen. Das hat sich alles irgendwie von selbst eingerenkt, sodass ich heute sagen muss, dass das gar keine richtigen Probleme waren. Jetzt hab ich richtige Probleme. Aber wenn ich das Prinzip übertrage, dann werde ich in zehn Jahren hierauf zurückblicken und mir werden die aktuellen Probleme lächerlich vorkommen. Das entwertet das, was mein Verstand gerade als schwierig ansieht, total, und damit auch meinen Verstand an sich.«

»Ähm, Hebers ... das bedeutet vor allem, dass es in Zukunft noch viel schlimmer wird.«

»Oh, stimmt.«

»Aber das ist nun mal der Lauf des Lebens. Am Anfang ist alles nur Windelscheißen, Schoki-Essen und Sich-um-nichts-kümmern-Müssen und später trägst du für dich und sogar für andere Mensch die volle Verantwortung, während dich langsam deine geistigen und körperlichen Fähigkeiten verlassen. Es ist nicht permanent leicht unangenehm. Die Unterhose wird enger, mein Freund.«

Auf dem Parkplatz werden die Schatten länger. Mittlerweile tauchen mehr und verschiedenere Menschen auf, sodass ich kaum noch auffalle. Zumindest hat mich niemand mehr angesprochen. Wobei ... Vielleicht habe ich es auch gar nicht mitbekommen.

Milton kuschelt sich auf meiner Schulter an meinen Hals, dann zieht er seinen ein. Die irrealen Federn wärmen meine Haut psychosomatisch. Ein paradoxes Gefühl. Aber wenn du mal in eine Person verliebt warst, von der du weißt, dass sie dir nicht gut tut und du dich dringend von ihr lösen musst, dann weißt du auch ungefähr, wie sich diese Diskrepanz anfühlt.

»Wusstest du, Hebers, dass man im Mittelalter geglaubt hat, Menschen würden deshalb verrückt, weil Vögel in ihrem Kopf nisten?«

»Nein, das wusste ich nicht.«

»Lügner.«

»Stimmt.«

Kapitel 5
Freiheit

Wie ein streunender Hund habe ich die Nacht auf dem Parkplatz verbracht. Ich bin durchfroren und nass, weil es irgendwann, als ich bereits vor allumfassender Erschöpfung eingeschlafen war, geregnet haben muss. Vermute ich wenigstens. Angesichts meiner derzeitigen Situation, kann es genauso wahrscheinlich sein, dass des Nachts ein Kobold mit einem sechs Meter hohen Hut vorbeikam und mich wie eine Gartenpflanze mit einer roten Gießkanne bewässert hat.

Milton, das blaue Huhn. Was habe ich mir nur dabei gedacht? Und wo ist der Typ überhaupt? Vielleicht ist ja auch alles vorbei. Könnte doch sein, dass ich mich nach dieser Episode wieder in die Wirklichkeit eingliedere. Einmal den Rost vom Zahnrad abgeschliffen, um dann erneut und klaglos vom restlichen Getriebe mitgerissen zu werden.

Mühsamer als jemals zuvor hieve ich mein Körperdings aus der Waagerechten in die Senkrechte. Wenn die Verbindung zwischen uns bislang buggy war, steuere ich den biomechanischen Roboter seit heute mit Fäustlingen durch eine Milchglasscheibe hindurch. Nachdem ich meine Ausgangsposition von gestern erreicht habe, zirkuliert die hydraulische Flüssigkeit in den Schläuchen wieder ordentlich.

Ich schaue mich um. Außer der Abwesenheit Miltons hat sich nichts verändert. Die Welt ist die selbe. Die Menschen sind die gleichen. Unermüdlich schleift alles andere weiter. Not a single fuck ...

Aus dem Eingang des Supermarktes tritt ein Anzugmensch – der Typ Frau, der die ganze Welt gehört. Sie wird begleitet von dem gestrigen Ladendetektiv, der ihr auch gehört, weil er für sie arbeitet. Ihre Worte, nicht meine. Vermutlich. Keine Ahnung. Es ist schwierig, aus den ziellos wild durcheinanderfeuernden Synapsen irgendetwas rauszufiltern, dem ich vertrauen kann.

Die beiden unterhalten sich, was bedeutet, die Anzugin spricht und der Untergebene hat zuzuhören. Hin und wieder ist ihm gestattet, zu nicken, um das Gewicht der Anweisungen seiner Herrin zu unterstreichen. Dann deutet sie plötzlich in meine Richtung. Als Nächstes fährt ihr Daumen über ihre Kehle. Wirklich? Nein. Ja? Der Detektiv nickt. Ich bin mir zu fast dreißig Prozent sicher, dass das irgendwas bedeutet.

»Hebers, alter maginärer Freund, ich hab dir Frühstück gebracht!«

Zwischen den ewig selben, neuen, gleichen, anderen Mittelklassewagen trippelt Milton auf mich zu. Unter einem seiner Chicken Wings trägt er zwei Muffins. Mein Arm steckt sich aus, um das Gepäck zu greifen. Einen platziert er neben dem restlichen Körper, der an ihm hängt, damit das blaue Huhn daran picken kann.

»Muffinzeit!«

Mein Mund beißt in den anderen, dann melden die Geschmacksknospen dem Gehirn, dass es nach Dreck schmeckt.

»Lektion Eins: Nimm niemals Essen von deinem imaginären Freund an. Wie hätte ich denn bitte einen echten Muffin besorgen sollen?«

Die Zunge schiebt das etwas aus der Mundhöhle, während ich verstehe. Meine Gesichtszüge verziehen sich zu einer Grimasse.

»Lektion Zwei: Wenn ich dir jetzt erzähle, dass Geschmack wie alles andere auch zum größten Teil in deinem Kopf entsteht, dann hast du plötzlich die Freiheit, den Dreck nach allem schmecken zu lassen, was du möchtest.«

Unwillen macht sich in mir breit, was den Körper veranlasst, nachzuziehen und sich zu schütteln.

»Nein, danke.«

»Oh, ich befürchte, du hast keine Wahl, Hebers.«

Erneut wird meine Hand zum Mund geführt. Der Kiefer wird zum Beißen gebracht, die Zunge schmeckt unweigerlich. Dann meldet mein Gehirn Blaubeere. Mit einem leicht erdigen Unterton. Mundwinkel werden hochgezogen.

»Siehst du?«

»Entschuldigung, essen Sie da grade Erde? Oh Gott, Sie zittern ja!«

»Aber das sind Taschenspielertricks, Hebers. Das ist nur eine Stufe über Mit-geschlossenen-Augen-in-eine-Zwiebel-beißen-und-sich-einen-Apfel-Vorstellen. Die wichtige Frage ist doch: Warum bin ich hier?«

Mit dieser ungelenken Anstrengung, die Hühnern beim Fliegen allgemein zu eigen ist, flattert Milton auf meine

Schulter. Ich kann mir vorstellen, warum ihm diese Position gut gefällt. Zusammen müssen wir etwas von einem durchgeknallten Piraten haben. Etwas sagt mir, dass ich das auch belustigend finde.

»Ich bin ein Bewältigungsmechanismus, würde ich mal vermuten. Was es zu bewältigen gilt, dürfte eigentlich klar sein. Ich meine, schau dir das doch an.«

»Soll ich einen Krankenwagen rufen?«

Meine Augen schauen. Ziellose, blinde Menschen rennen herum, versammeln sich vor meinem Körper, zerstreuen sich, versammeln sich, zerstreuen sich. Es ist, als ob niemand einen Plan hätte, was hier genau passiert. Das ist alles so zwecklos. Wenn man nur schnell genug in den Supermarkt rennt, kann man vielleicht den Tod abhängen. Eine Masse von *Carpe Diem*-Versagern, die versuchen, den Moment zu leben, indem sie Löcher stopfen, die sich Bedürfnisse nennen. Die meinen, dass sie Kontrolle haben, wenn sie sich an ritualisierte Abläufe und feste Pläne halten. Dabei merken die gar nicht, dass sie gefangen sind. Gefangen in den immer gleichen Leben, Problemen, Gedanken. Aber klar. In einer Zelle fühlt man sich sicher. Man kommt zwar nicht raus, doch es kommt eben auch niemand hinein. Ist das die Bedingung des Menschseins? Zu leiden und mit geschlossenen Augen davor zu fliehen? Dann will ich kein Mensch sein.

Meine Kehle macht ein verächtliches Lachen, das sich mit einem Husten durchmischt und auf diese Weise einen tierischen Laut kreiert.

»Alter, Hebers, hör doch mal auf rumzuheulen! Du bist auf einem guten Weg, aber dieses melodramatische Verzweifeln an der Wirklichkeit. Man erwartet, dass du gleich in Tränen herniederstürzt und der Vorhang über dir fällt. Ja, es ist kacke. Komm klar. Wir arbeiten doch schon daran, dass du den Übergang schaffst.«

»Guten Tag. Die Polizei. Wie geht es Ihnen?«

Milton nennt mich melodramatisch. Ein starkes Stück für ein Huhn, das in Rätseln spricht. Was soll das bedeuten, den Übergang schaffen? Ich bin gerade kryptisch zu mir selbst. Richtig unnötig.

»Na gut, Hebers, weil du mein maginärer Freund bist – merkt man, dass ich das gerne sage? Ich weiß nicht, ob es bisher eine Bezeichnung für die Beziehung vom imaginären Freund zur realen Person gab, deswegen gefällt mir das so. Egal.«

»Komm zum Punkt.«

»Der reagiert gar nicht, aber der sieht auch gar nicht gut aus.«

»Lassen Sie das Ding einfach.«

»Ding? Das ist immer noch ein Mensch!«

»Also ich will nur, dass sie ihn wegschaffen, der hat mir schon gestern in die Filiale gekotzt.«

»Fokussier dich bitte, Hebers. Was ist deine Situation?«

Signale der Wahrnehmungsapparate werden in den Autopilot gespeist, damit ich nicht mit ihnen umgehen muss. Kurz flackert die Frage auf, wie gut der wohl noch funktioniert nach all der Scheiße, die passiert ist, doch Milton zieht erbarmungslos die Aufmerksamkeit meines Selbst auf sich.

Ich glaube, dass ich immer noch auf dem Parkplatz bin. Was ich allerdings weiß, ist, dass ich ziemlich angenervt bin, weil ich schon wieder Ratespiele spielen muss. Das ist das letzte Mal nicht gut geendet.

»Okay, hier ist der Deal: In der letzten Zeit hast du deinen Job verloren, du bist im Supermarkt zusammengebrochen, weil dich jemand gefragt hat, wie es dir geht und du überfordert warst, und gestern hast du deinen Verstand verloren. Was bleibt dir denn noch?«

»Ja, wir brauchen hier einmal 'nen RTW. Desorientierte Person mit ...«

Ich bin immer noch Mensch.

»Ganz genau. Und das kriegen wir auch noch weg, mein maginärer Freund.«

Was? Misstrauen. Im gesamten Bisschen flackernden Ichs, was noch da ist, breitet sich dieses Gefühl aus. Lektion Eins hatte nichts mit Essen zu tun. Es ging darum, dass man seinem imaginären Freund grundsätzlich nicht trauen sollte. Wer sagt mir, dass das blaue Huhn da ist, um mir zu helfen? Richtig, Milton selbst. Seine Motive kenne ich aber nicht. Wie kann das sein? Er kann mir nicht mein Menschsein nehmen. Auf welche Art und Weise sollte er das fertig bringen?

Er starrt mich von der Schulter aus skeptisch an. Plötzlich steigt etwas von unten aus mir hoch. Diese eine eindeutige Wahrheit, die er mir in der kurzen Zeit, die er da ist, immer wieder vorbetet. Milton und ich sind eins. Ihm nicht zu vertrauen, bedeutet, mir selbst nicht zu vertrauen. Und egal, wohin mich seine kruden Anweisungen führen, wenn es besser werden soll, muss ich mir selbst vertrauen. Das hat nach dem Spiegel auf dem Badezimmerboden funktioniert und das wird mir auch hier helfen.

»Na also. Es ist eigentlich ganz einfach. Du musst dein Menschsein überwinden, damit wir dich auf die nächste Ebene verfrachtet bekommen.«

»Das ist jetzt aber kein New-Age-Esoterik-Unsinn, oder?«

»Ach bitte, Hebers, du verstehst von beidem nichts. Wie sollte ich was davon wissen? Erkennst du denn nicht, dass alles auf diesen Übergang hinausläuft? Die Entmenschlichung im Büro, deine fortschreitende Unfähigkeit zur menschlichen Interaktion, du kriegst nicht mal mehr mit, was in diesem Moment mit dir passiert. Glaubst du, die Gaffer, die Polizisten und Krankenwagen, sind zufällig hier? Du lässt deinen Körper zurück – deine menschliche Hülle.«

»Ehrlich gesagt, macht mir das alles ein bisschen Angst. Außerdem musst du zugeben, dass das Ganze echt ein bisschen nach irgendeinem esoterischen Hokuspokus klingt.«

»Dein Angst ist irrelevant. Ob das Hokuspokus ist, spielt auch keine Rolle. Deine Bedenken sind egal. Du wirst ein überreales Wesen werden – genau wie ich. Und du kannst mir nicht erzählen, dass du das nicht willst, denn du hast selbst am besten gedacht, Hebers. Ich reagiere allergisch auf die Wirklichkeit. Alles, was ich dir anbiete, ist, dir eine helfende Hand zu reichen. Gut, in meinem Fall Flügel, aber da bist du dran schuld. Ich will dich doch nur befreien.«

»Okay.«

»Deine Zustimmung kannst du dir sparen. Du überzeugst dich hier selbst und das wesentlich umständlicher als nötig.«

»Du bist ein Arschloch, Milton.«

»Ich existiere nicht, mein maginärer Freund. Ich gebe keinen einzigen Fick darauf, ob ich ein Arschloch bin.«

Mein Körper wird aufgehoben und in einen Rettungswagen verfrachtet.

Die nächsten Tage sind raum- und zeitlos. Ein wirres Durcheinander aus Eindrücken, Gesprächen und Gefühlen. Kaputt. Doch Milton sagt, dass man kaputtgehen muss, um sich vollständig zu trennen, und das ist der Plan. Absolute Befreiung.

Es ist schwierig, dieses Gefühl des Zerbrochenseins weiter zu füttern, besonders in einem Umfeld, das darauf ausgelegt ist, dich wieder zusammenzusetzen. Das blaue Huhn hilft. Und wenn ich ehrlich bin, fühlt es sich gut an, die Kontrolle aufzugeben, zu gehorchen, wie ich mich verhalten soll, seine Antworten zu wiederholen, wenn die Ärzte mir Fragen stellen. Er ist der bessere Autopilot. Ich darf wieder Kind sein. Unendlich verantwortungslos. Einfach spielen.

Endlich zerfließe ich in etwas. Der flackernde Kern wird schwächer. Ich leide kaum noch an dem gigantischen Zahnrad der Wirklichkeit, weil da ein noch größeres Zahnrad ist. Milton. Und der dreht kräftig in die andere Richtung, bis es bricht. Aufzugeben, fühlt sich gut an.

Doch dann setzt die Medikation ein. Plötzlich ist Milton weg und die Realität wieder da. Dank der Pillen ist sie dumpf, unscharf und weich, aber sie macht mich teilnahmslos, regelrecht gefügig. Anders als meine selbstgewählte Abkopplung, denn dort wartete auf der anderen Seite das blaue Huhn. Jetzt bin ich allein in einem Wattebausch und werde versorgt.

Ich werde gehandhabt, schlicht am Leben erhalten wie eine Topfpflanze. Dieser Umstand wäre tragbar, wenn ich mich ausklinken könnte, doch diese langweiligsten Bonbons der Welt, die sie mir verabreichen, halten mich in der Wirklichkeit Light. Eine Wirklichkeit mit abgerundeten Ecken und Kindersicherungen überall, wo ich nicht Kind sein kann, weil ich ständig von Ärzten zur Reflexion gedrängt werde. Hier bin ich eine Topfpflanze, mit der man diskutiert, warum sie eine Topfpflanze ist, und sie dann dafür verantwortlich macht. Ich vermisse Milton. Der wollte mich befreien, hier will man mich behandeln. Wenn ich könnte, würde ich mich ärgern, dass mir der Antrieb fehlt, zu rebellieren.

Es ist Schlafenszeit. Es ist Essenszeit. Es ist Gruppentherapiezeit. Führ die Schweine zum Trog und wieder in den Stall. Ich habe keine Entscheidungsfreiheit, keine Würde. Gesperrt in routinierte Tagesabläufe fehlt mir jeder Antrieb.

Mein Zimmergenosse heißt Stefan und ist anorektisch. Wenn er das wäre, um langsam aus der Realität zu verschwinden, fände ich das cool. So sollte ich vielleicht Mitleid empfinden, aber das kann ich nicht mehr, was mich wiederum beunruhigen sollte, aber … Meh. Auf der einen Seite ist Stefan mir egal, auf der anderen glaube ich, dass ihn das noch ein bisschen mehr verschwinden lässt.

Stefan trägt hin und wieder einen Bodysuit, der buchstäblich eine zweite Haut bildet, und oft einen engen Gürtel, damit er seinen Körper spürt. Das soll korrigieren, dass er sich ein falsches Bild von seinem Körper einredet. Stefan hasst beides. Wie ich ihn darum beneide. Hass. Mir bleibt nur ein impotenter Zynismus.

Manchmal versuche ich, mit ihm zu reden, allerdings kriege ich außer Plattitüden und Floskeln nichts mehr auf die Reihe. Ich hab mich noch nie so lange und intensiv mit jemandem unterhalten.

Was mir bleibt, sind Erinnerungen. In denen wird ohnehin häufig rumgekramt. Dann sitzen wir im Kreis und spielen das selbstreferenzielle Nostalgiespiel. Zeig mir deins und ich zeig dir meins.

»Als ich zehn Jahre alt war, hab ich gedacht, wenn man Tauben direkt in die Augen schaut, dass man dann blind wird.«

»Wirklich? Ist ja interessant. Mit zehn hab ich geglaubt, dass alle Hunde Jungs sind und alle Katzen Mädchen.«

»Echt?«

»Nein. Das hab ich in einer Serie gesehen.«

»Abgefahren, die meisten meiner Erinnerungen stammen auch aus Serien und Filmen.«

»Cool! Let's fuck!«

Happy End. Forever together.

Eine Erzählung lässt mich jedoch nicht mehr los. Sie stammt von Markus. Markus ist Ende Vierzig, dicklich und wegen seiner posttraumatischen Belastungsstörung hier, die Panikattacken schickt, sobald sich etwas schneller als ein Fahrrad bewegt. Früher hat er als Versicherungskaufmann gearbeitet und Züge geliebt. Oder kurz: Er wurde geboren, damit wir lernen, was Langeweile bedeutet.

Doch die Geschichte, wie er zu seiner PTBS gekommen ist, fasziniert mich irgendwie. Jahrelang hat er sich seiner Bahnobsession hingegeben. Er hat Züge beobachtet, fotografiert und klassifiziert. Sein Keller ist bis auf das Märklin-Schienensystem unter der Decke mit Modellen vollgestopft. Sein Wissen um alles, was auf Gleisen fährt, grenzt an einer Inselbegabung. Als er einmal im Trash-Fernsehen die Reportage über einen Kerl gesehen hatte, der eine Dampflok liebt, hat Markus verschämt und peinlich berührt gelacht, dann weggeschaltet und konnte drei Nächte lang nicht schlafen, weil sein Herz bei dieser verbotenen Verlockung zu heftig schlug. Aber ganz besonders hatten es ihm Güterzüge angetan.

Irgendwann ergab sich dann über den Schwager eines Freundes, der für Schenker arbeitet, ein Kontakt zu diesem Logistikzweig der DB. Über Monate hat er geredet und gebettelt, bis endlich der Freundsschwager eingewilligt hat, ihn mal mitzunehmen. Inoffiziell und heimlich, versteht sich. Eine weitere verbotene Verlockung, die Markus weitere Nächte mit klopfendem Herzen wachliegen ließ.

Dann war es endlich so weit – der große Tag. Ein schöner Tag. Sommer. Strahlend blauer Himmel. Warm. Perfekt. Keine Anweisung oder Erklärung war notwendig. Für Markus rastete das Universum an jenem Tag an der richtigen Stelle ein.

Die Fahrt war ein Rausch. Siebenhundert Meter Güterzug auf zweihundertfünfzig Achsen mit einem Gewicht von über viertausend Tonnen – so schwer, dass die klassischen Schraubenkupplungen zwischen den einzelnen Flachwagen an ihre Grenzen gestoßen sind und schon lange durch die stärkeren Mittelpufferkupplungen ersetzt wurden. (Warum verdammt nochmal hab ich mir das gemerkt?)

Aber dann geschah es: Während der Fahrt sprang ein paar hundert Meter vor dem Triebfahrzeug ein Typ auf die Gleise. Markus wusste, dass ein Zug dieser Größenordnung einen Bremsweg von mindestens zwei Kilometern hat. Keine. Chance. Machtlos musste er zusehen, wie das, was er so geliebt hat, gnadenlos einen Menschen tötete. Die Ereignisarmut des Aufpralls im Triebfahrzeug selbst machte es nur noch schlimmer. Bei solch einem Gewicht und einer Geschwindigkeit von gut neunzig Kilometern pro Stunde entsteht nicht mal ein Geräusch.

Seither konnte Markus nie wieder in die Nähe eines Zuges. Alle Modelle, Fotoalben und Bücher wurden von seiner Frau entsorgt. Danach folgten viele schlaflose Nächte mit rasendem Herzen, Panikattacken und schließlich ... Hier.

Auf eine bizarre Art und Weise gibt mir das Hoffnung. Wenn der Zug erstmal ins Rollen geraten ist, kann er nicht mehr aufgehalten werden.

In der Ergotherapie soll ich mich kreativ ausdrücken. Haha. Witzig. Erst geben Sie dir Medikamente, die dich betäuben, und dann sollst du deine Gefühlswelt malen. Meine Bilder sind hauptsächlich grau. Meine unverschuldete, unmündige Stumpfheit langweilt mich zu Tode. Ich nehm' die Pillen nicht mehr.

Kapitel 6
Der Übergang

»Du musst etwas für mich tun, mein maginärer Freund.«

Freudig kotzt der Mond das Licht, das nicht sein eigenes ist, da er es nur von der Sonne reflektiert (der Versager), durch die Lamellen der Jalousie in das Doppelzimmer und auf das blaue Huhn. Mit einem schrillen Kieksen setze ich mich im Bett auf.

»Milton, du bist wieder da.«

»Immer noch ganz groß darin, dass Offensichtliche laut auszusprechen, nicht wahr, Hebers?«

»Und immer noch das selbe alte Arschloch.«

Er plustert sein Gefieder auf. Eine bedrohliche, entrüstete Geste, die durch seine Gestalt wirkungslos wird. Dem gegenüber steht die Szenerie einer psychiatrischen Klinik bei Nacht. Sobald das Licht ausgeht, wandelt sich dort die Stimmung rapide. Die Nächte sind das Schlimmste. Nein, die Geräusche in der Dunkelheit sind das Schlimmste. Ziellos umherwandernde, nackte Füße auf Linoleumboden. Die unregelmäßigen Schreie aus der geschützten Station. Es könnte wirklich gruselig sein, wenn ich nicht begeistert wäre.

Plötzlich steht das blaue Huhn auf meinem Schoß. Seine Stimme ist ein Flüstern.

»Ich bin nicht wütend auf dich.«

»Das ist gut. Ich meine, warum auch?«

»Ich bin enttäuscht.«

Er verschwindet und taucht sofort auf dem Tisch in der Ecke am Fenster auf.

»Du hast so schöne Fortschritte gemacht. Wir waren ganz kurz davor, dass du den Übergang schaffst, aber dann hast du alles zunichte gemacht.«

Ich rutsche unangenehm zwischen Decke und Matratze herum. Was sagt er da? Ich hab mir doch keine Schuld zukommen lassen. Ich habe nichts getan.

»Du hast zugelassen, dass sie dich mit Drogen vollstopfen. Du hast zugelassen, dass sie dafür sorgen, dass ich verschwinde. Du hast zugelassen, dass sie unsere ganzen gemeinsamen Fortschritte einfach kaputt machen. Sieh dich an. Du bist fast einer von denen geworden.«

Wie meint er das? Einer von den zerbrochenen, die hiergehalten werden? Ich bin kein Markus, ich bin kein Stefan.

»Wirklich? Du folgst ihren Plänen, du tust, was sie dir befehlen, du hörst bei ihren kleinen Sitzungen zu. Wie bist du nicht einer von denen? Bald haben sie dich so weit, dass sie dich für gesund erklären und dich vor die Tür setzen. Und was dann? Wo willst du hin?«

Gesund. Das wäre doch eigentlich nicht schlecht. Ich ziehe die Knie zur Brust, während Milton sich auf das Fensterbrett teleportiert. Sein Blick fällt auf die Straße.

»Wir hatten Kategorien wie krank und gesund, verrückt und funktional, imaginär und real fast hinter uns gelassen. Wir standen so kurz davor. Verstehst du nicht?«

Nicht ganz. Ich hatte gehofft, dass er wieder auftaucht, wenn ich die Medikamente absetze. Brav hab ich jede einzelne Tablette wieder ausgespuckt. Jetzt ist er zwar zurück, aber irgendwie wirkt er anders.

»Natürlich wirke ich anders, du Mensch! Ich hab so viel Arbeit in dich investiert.«

Verängstigt nehme ich mir mein Kissen und drücke es vor meine Brust. Zwei Tage Arbeit draußen, ja. Von dem jedoch, was hier drin passiert ist, habe ich kaum was mitbekommen. Er erscheint auf dem Kleiderschrank.

»Du begreifst es nicht, oder? Was du beschreibst, ist nur der offenkundige Teil. Ich war aber schon immer da. Ich bin jeder kleine verrückte Impuls, dem man nicht nachgibt. Jeder Gedanke, zu springen, sobald man in einen Abgrund schaut. Alles, was in der Dunkelheit lauert, wenn du nachts nicht schlafen kannst. Wenn du sprichst, ohne nachzudenken, kontrolliere ich die Worte, die rauskommen. Wenn du unwillkürlich zuckst, darf ich kurz steuern. Wenn du dich fragst, warum du das grade getan hast, kenne ich die Antwort. Ich bin das, was Erinnerungen an peinliche Aktionen aus deinem tiefsten Unterbewusstsein hervorkramt, wenn du abends im Bett liegst. Ich mache deine Träume und ich modelliere sie absichtlich so nah an deinem Leben, dass du denkst, die müssten was bedeuten, und gleichzeitig so absurd, dass du den Gedanken gleich darauf als Unsinn abtust. Ich bin in jedem Menschen zu jeder Zeit und warte. Die meisten bemerken mich gar nicht. Sie übergehen mich einfach. Schütteln den Kopf und leben weiter. Aber du ...«

Milton schüttelt sich, um sich dann auf fast das Doppelte seiner bisherigen Größe aufzuplustern. Im nächsten Moment hockt er auf dem Handgriff am Fußende meines Bettes.

»Du bist so herrlich hypersensibel, zerdenkst jedes Wort und steigerst dich wundervoll in jegliche Kleinigkeit hinein. Du bist perfekt.«

Völlig unvermittelt wird die Realität brennend scharf und vielfältig intensiv. All meine Wahrnehmungsorgane bombardieren mich ungefiltert mit Rohdaten. Ich habe das Gefühl, dreißig neue Farben zu sehen, Ultra- und Infraschall zu hören, die Speisereste in der Cafeteria im Nebengebäude zu riechen und die Brown'sche Bewegung der Moleküle meiner Bettwäsche zu spüren. Gleichzeitig fühle ich mich in mir selbst eingesperrt, ohne in der Lage zu sein, jemals mit der Außenwelt, geschweige denn einem anderen Menschen, in Kontakt treten zu können. Mein Körper ist nur ein Anzug, den ich trage. Ich löse mich davon und nehme parallel dazu weiterhin alles wahr. Die Spannung zwischen diesen beiden Extrempolen streckt mich, bis ich nur noch eine Gerade bin. Einhundert Billionen Gedanken strömen zeitgleich in jede Richtung eines vierdimensionalen Raums.

Schlagartig hört es auf und ich sacke in mich zusammen. Es ist, als hätte ich die Ereignisse, Gedanken und Empfindungen der letzten Zeit nochmal konzentriert in einem Augenblick erlebt.

»Tut mir leid, dass ich das tun musste, Hebers, aber das ist der Preis, wenn du einfach hergehst und meine Arbeit zerstörst. Und jetzt wird es Zeit, dass du endlich den Übergang schaffst.«

Obwohl ich keine Kraft mehr habe, wird mein Körper aus dem Bett bewegt. Er wankt zu dem Haufen Kleidungsstücke auf dem Stuhl neben Stefans Bett herüber, dann nimmt er den Gürtel. Die Hände fädeln das Ende durch die Schnalle, ohne dass der Dorn greift, und ziehen die dadurch entstandene sich selbst zuziehende Schlaufe über den Kopf. Als Nächstes geht es zum Kleiderschrank herüber.

Während der Knoten um die Kleiderstange gebunden wird, bin ich schon weit weg. Wesentlich weiter als zwei Kilometer. *Wenn ein Zug von der Größenordnung erstmal ins Rollen geraten ist, kann er nicht mehr aufgehalten werden.* Mein Körper begibt sich in die Hocke. Sein Gewicht wird fallengelassen.

Danach beginnt etwas, das allein dem Stammhirn gehört und selbst Milton nicht mehr beeinflussen kann. Todeskampf. Muskeln zucken die Gesamtheit der möglichen Bewegungen durch, für den Fall, dass eine davon zufällig diesen Zustand beendet. Die Speicherbänke des Gehirns werden fieberhaft von ganz unten bis ganz oben durchforstet, in der Hoffnung, dass da irgendwo die Erinnerung an eine ähnliche Situation abgelegt wurde, aus der ein Verhaltensmuster extrapoliert werden kann, das Rettung verspricht. Die mangelnde Versorgung des Gehirns mit Blut und Sauerstoff zerstört langsam, aber sicher immer mehr Areale. Das Sichtfeld verkleinert sich. Rauschende Pünktchen tauchen darin auf. Alles wird langsamer und schwerer, dann erlischt der flackernde Kern Selbst.

Kapitel 7
Eine Aufgabe

Mit Feuer steige ich aus der Dunkelheit empor.

Ein neues Gefühl von Dasein durchströmt mich, das leichter und freier ist. In meinen Geist ist eine Ruhe eingekehrt, die aus einem Einklang mit mir selbst quillt. Alles scheint gefestigt zu sein. Perfekte Meditation.

Ich öffne die Augen und blicke in einen Himmel, der gespickt ist mit den fantastischsten Dingen. Auf Wolken, die von einer Vielzahl von Kreaturen und Konstrukten umflogen werden, thronen Städte. Dahinter schieben sich bunte Planeten über das Firmament. Manche davon haben Ringe, werden von Satelliten und Monden umkreist, oder sind allein. Einer hat sogar ein Gesicht, welches ein Spektrum an Ausdrücken durchlebt. Wenn ich noch tiefer schaue, erkenne ich Sterne und plötzlich überkommt mich eine Ahnung unendlicher Möglichkeiten, die sich dort verbergen. Das Einzige, was fehlt, ist eine Sonne, dennoch ist es taghell. Ich bin nicht überwältigt. Ich bin überweltigt. Dann schiebt sich das blaue Gesicht eines Huhns in mein Blickfeld.

»Milton«, sage ich, dabei ist mir bewusst, dass ich zornig, misstrauisch und vieles mehr sein sollte, doch ich empfinde nur Ausgeglichenheit. Vielleicht Neugier.

»Willkommen auf einer höheren Ebene der Existenz, mein ehemals maginärer Freund«, antwortet er, wobei er seinem Schnabel das Geflügelequivalent eines Lächelns abringt.

»Bin ich tot?«, frage ich. Das Ausbleiben eines Wutanfalls oder tätlichen Angriffs scheint ihn zu beruhigen.

»Ach, tot, lebendig, das sind doch physikalistische Kategorien. So was ergibt hier wenig Sinn.«

Er wird von einem absurden Ding, das wie eine Ananas mit Tentakeln und Gesicht aussieht, unterbrochen, weil es knapp über uns hinweg hubschraubt, aber dann auf einmal in eintausend kleinere Versionen von sich selbst zerplatzt.

»Genauer betrachtet ergibt hier einiges wenig Sinn.«

Problemlos richte ich mich auf. Meine Perspektive kippt, wodurch sich vor mir eine Landschaft ausbreitet, die mich in wildes, kindliches Erstaunen versetzt. Buchstäblich alles, was man sich jemals erträumen kann, findet sich dort. Mehr noch. Architektonisch und statisch unmöglichste Bauten, die Wesen beherbergen, die in sich fast noch widersprüchlicher sind als ihre Behausungen. Landschaften, die ganze Klimazonen auf wenigen Hektar vereinen oder gar nicht von der Erde zu stammen scheinen. Dinge in allen erdenklichen Formen, Farben und Größen wild über die Gegend verteilt, als hätte sich das Gehirn eines wahnsinnigen, achtjährigen, surrealen Malers auf den gesamten Planeten übergeben.

Vor mir braust ein Elefant mit Rädern anstatt Füßen vorbei, dem ein Regenschirm aus dem Rüssel wächst, und auf diesem Regenschirm lebt eine Zivilisation von winzigen Anwälten, die sich alle untereinander gegenseitig vor Gericht zerren. Einer der Anwälte hat gerade ein Kind bekommen. Sofort beginnt dieses damit, den Elefanten dafür zu verklagen, dass er die gesetzlich vorgeschriebene Geschwindigkeitsbegrenzung nicht einhält. Es geht endlos so weiter – überall.

»Wo bin ich hier, Milton?«

Genervt schüttelt das blaue Huhn seine Federn.

»Das hab ich doch gerade gesagt. Wir sind auf einer höheren Ebene des Seins. Hier ist alles Imaginäre real und gleichzeitig nicht real. Alles vibriert zwischen Existenz und Inexistenz, entsteht im einen Moment und vergeht im nächsten, oder niemals, oder rückwärts. Du befindest dich in einer Mischung aus dem Reich der Ideen, dem Wunderland, dem Zirkus, dem Imaterium, Acidtrips, Träumen, der Fantasie an sich und allem, wie man das sonst noch nennen kann. Es ist vor allem ein großes Durcheinander und extrem nervig.«

Als wollte die Welt Miltons Ansicht bestätigen, ploppt vor ihm ein Stück Käse ins Leben und beginnt aus Laibeskräften zu schreien.

»Wirklich? Schon wieder Schreikäse? Das hatten wir da doch schon letzte Woche! Denk dir mal, was Neues aus!«, ruft das blaue Huhn in die allgemeine Gegend, dann kickt er das Stück in die Stratosphäre, wo es dankbar verglüht. Ein Teil des Himmels wird mit Schmelz überzogen.

»Glaub mir, Hebers, du tust dir selbst einen Gefallen, wenn du das meiste von dem, was hier passiert, einfach ignorierst.«

»Was? Schau dich doch mal um.« Ich mache eine ausladende, allumfassende Geste. »Hier gibt es so viel Wunderbares zu entdecken.«

»Ja, das wird schnell alt. Irgendwann haut dich ein achtarmiger Gorilla einfach nicht mehr vom Hocker.«

»Hier gibt es Oktillas?!«

»Ich merke schon, wir müssen dir dringend eine Aufgabe suchen.«

»Eine Aufgabe?«

»Ich erkläre dir alles auf dem Weg zum großen Verteiler.«

Als Navigationssystem auf meiner Schulter sitzend leitet Milton mich durch das, was man beim besten Willen nur als Wirrwarr bezeichnen kann. Wie lange oder weit wir unterwegs sind, kann strenggenommen nicht gesagt werden. In dieser Welt werden Dauer und Entfernung eher gefühlt. Man geht so lange und weit in irgendeine Richtung, bis man dort ist, wo man hin möchte. Aber immerhin sehen wir eine Menge abgefahrenen Scheiß. Das steht fest.

Unterdessen erklärt das blaue Huhn mir, dass sich einige der vernunftbegabteren fiktiven Daseinsformen dazu entschlossen haben, sich mit arbiträren Aufgaben zu beschäftigen, um nicht im kontinuierlich fluktuierenden Irgendwas zu verschwinden und ein bisschen Struktur zu genießen. Wenn alles existiert – egal, ob möglich oder unmöglich –, hat nichts mehr eine Bedeutung. Und dann bastelt man sich eben eine. Genauso wie wir in der Realität manchmal ein bisschen Wahnsinn genießen.

Der große Verteiler ist derjenige, der interessierte Daseinsformen begutachtet und einer entsprechenden Aufgabe zuweist. Ein ordentlicher Bürokrat in einer fundamental unordentlichen Welt. Das ist die einzige wahrhaftige Unmöglichkeit, die einzige echte Diskrepanz hier.

Mit Abstand am beliebtesten unter den Aufgaben ist neben allem, was unterhält – wie Schauspiel, Schriftstellerei, Musik und Kunst –, das, was hier Psychedelogie genannt wird.

Psychedelologen betreuen oft beispielsweise imaginäre Freude und allgemein fiktive Figuren, um in Einzel- oder Gruppensitzungen die Hintergründe ihres fantastischen Daseins zu erörtern. Man bemüht sich, die Fragen zu klären, warum man da ist oder warum man so ist, wie man ist. Dafür gibt es verschiedene Herangehensweisen, aus denen man frei wählen kann. Die naturalistischen Fehlschließer sagen dir zum Beispiel, wenn du ein flüschiger Ball mit Kulleraugen bist, dass sich irgendwo ein Kind in der Wirklichkeit nach Geborgenheit und etwas zum Anschmiegen sehnt, weshalb es dich erdacht hat. Wenn du muskulös und stachelig bist, will jemand beschützt werden oder spielt ein pubertierender Junge gerade mit Actionfiguren, hat aber noch keine Erzfeindpuppe.

Skeptiker meinen, dass man das überhaupt nicht wissen kann und da auch gar kein Zusammenhang bestehen muss. Sie diskutieren über theoretische Wahrscheinlichkeiten, die auf dieser Ebene keinerlei Sinn ergeben, weswegen sie meistens damit beschäftigt sind, ihre eigene Ungewissheit zu verarbeiten oder übergeordnete Zusammenhänge durchzuspekulieren.

Natürlich gibt es auch etwas hippiemäßig angehauchte Spinner, die dir eintrichtern wollen, dass du das alles selbst entscheiden darfst, denn was immer du dir ausdenkst, ist gut und richtig, solange es dich glücklich macht.

Für viele der vernunftbegabteren Daseinsformen spielt es eine wichtige Rolle, ihre Hintergrundgeschichte zu erörtern, doch nur ein kleiner Teil erlangt jemals Gewissheit darüber.

Die Sitzungen sind sehr fröhliche Veranstaltungen. Manchmal jedoch verkraftet ein Imaginärer die Trennung von seinem maginären Freund nicht. In seltenen Fällen sind einige Daseinsformen sogar neidisch darauf, dass sie nicht real sein können. Auch hier helfen Psychedelologen.

Daneben gibt es noch mannigfaltige, andere Tätigkeiten in unterschiedlichsten Bereichen, die sich alle dadurch auszeichnen, auf die eine oder andere Art Sinn zu stiften.

Dass man den großen Verteiler erreicht hat, merkt man daran, dass man irgendwann in einem Wald aus Pappaufstellern steht, die alle die selbe gelbzahnige Frau in unterschiedlichen Posen zeigen. Eine Shmonson-Armee. Bevölkert wird die Gegend von einer Horde zombifizierter Büroartikel und es geht die Legende um, dass wenn man sich in diesem Wald verläuft, man selbst zum Tacker oder zur Ringmappe mutiert.

Es ist jedoch aus naheliegenden Gründen extrem unwahrscheinlich, sich in dieser Welt zu verlaufen. Außerdem ist der große Verteiler unverkennbare dreihundert Meter hoch.

Als sein Antlitz am Horizont zwischen den Aufstellern auftaucht, erkenne ich den auffallend glattrasierten Mann mittleren Alters mit den silbernen Haaren sofort. Johnson. Aber als Mensch in 3D mit allem drum und dran.

Plötzlich befinden wir uns direkt vor seinem enormen polierten Anzugschuh, was unsere Hälse veranlasst, sich nach hinten zu biegen. Der große Verteiler sitzt auf einem gigantischen Thron wie das Abraham Lincoln Denkmal, nur dass der gute Abe, um an den da heranzuragen, selbst in seiner überlebensgroßen Statuenform einen wirklich lächerlich hohen Zylinder tragen müsste.

Im Vorfeld hat Milton mir erklärt, dass der große Verteiler keine absoluten dreihundert Meter groß ist. Seine Ausmaße sind relativ, damit er, egal, wie groß du bist, von dir immer als beeindruckend groß wahrgenommen wird. Das ist Teil des Spiels.

Johnsons Gesicht grinst uns aus den Wolken heraus vertrauenerweckend an und donnert herab: »**Ich bin Johnson, der große Verteiler. Von mir kann man sich eine Scheibe abschneiden. Wer begehrt eine Aufgabe?**«

Milton schubst mich vor, als ob das meine aus der Sicht des Giganten piepsige Stimme irgendwie verständlicher machen würde. Ich für meinen Teil bin immer noch erstaunt, auch weil man keine Nummer ziehen und tausend Jahre warten muss, um ein Gespräch zu bekommen.

»Ähm, ja … Ich bin Hebers … Vielleicht erinnerst du dich an mich. Haha.«

Milton schüttelt den Kopf.

»**Ich habe keine Erinnerung an dich, Hebers. Woher sollten wir uns kennen?**«

»Oh, ähm, aus dem Büro.«

»**Ich kenne diesen Ort namens Büro nicht, von dem du sprichst. Ich bin Johnson, der große Verteiler. Von mir kann man sich eine Scheibe abschneiden. Du bist der, der sich Hebers nennt. Wir sind uns nie begegnet.**«

Aufmerksamkeitsheischend zuzelt das blaue Huhn an meinem Bein herum.

»Du kannst nicht davon ausgehen, dass ihr euch kennt, auch wenn du in der Realität mal dem Pappaufsteller Johnson begegnet bist. Selbst wenn der große Verteiler zufällig was mit dem realen Johnson zu tun hat … Du denkst ja auch nicht, dass du mit Batman befreundet bist, nur weil du die Comics gelesen hast.«

Irgendwie ergibt das Sinn. Mit hoher Wahrscheinlichkeit hat jemand anderes einen identischen Aufsteller gesehen, sich den großen Verteiler ausgedacht und ihm überraschenderweise auch den Namen Johnson verpasst. Auch seine catch phrase ist ein gebräuchlicher Spruch.

Ich fange an, zu überlegen, wie viele untereinander ähnliche Wesen wohl in dieser Welt herumlaufen. Auf der einen Seite gibt es hier unendliche Vielfalt, auf der anderen Seite bestimmt unendliche Dopplung. Ob da draußen ein anderes blaues Huhn namens Steve einen anderen Hebers zum großen Organisator schleift? Bei ausreichender Überlappung der Daseinsformen könnte man die gegeneinander austauschen. Niemand würde etwas davon mitbekommen. Es würde keine Rolle spielen. Wie erschreckend egal die einzelnen Wesen der Irrealität sind.

»Hebers? Bist du noch da?«

»Ähchäm!« Das Räuspern des großen Organisators fährt auf uns herab wie ein Donnerschlag.

»**Das Prozedere muss fortgeführt werden. Ich – Johnson, der große Organisator – habe festgestellt, dass der, der sich als Hebers bezeichnet, weder eine Erinnerung noch eine Fantasie noch eine fiktive Person ist. Einen derartigen Fall hat es in den Akten noch nicht gegeben. Es werden weitere Prüfungen vorgenommen werden. Bis auf weiteres erhältst du die Aufgabe des Beobachters.**«

Mein verwirrter Blick sucht Milton, der allerdings in Gedanken versunken zu sein scheint. Kein gutes Gefühl, wenn die Daseinsform, von der du dachtest, dass sie dich durch das Chaos führt, auch erstmal sortieren muss, was gerade passiert.

»Was bedeutet das?«, rufe ich in den Himmel hinauf.

»Meine Akten sagen, dass die fiktive Daseinsform Milton das blaue Huhn das Prozedere bereits durchlaufen und nachweisbare Kenntnisse der Aufgaben hat. Das aktuelle Aktenzeichen wird daher in seine Zuständigkeit übertragen. Für weitere Informationen wenden Sie sich bitte an oben genannte dritte Partei. Ich bin Johnson, der große Organisator, und ich werde geliebt. Ihr beide müsst nicht sofort gehen, aber ich werde euch jetzt ignorieren.«

Dann beginnt er, gewitternd vor sich hin zu pfeifen, was mich dazu veranlasst, langsam rückwärts davonzuschleichen. Milton trottet mir abwesend nach. Vielleicht befinden wir uns damit auf dem Rückweg. Ich hab jedenfalls keine Ahnung, wo wir hingehen, aber ist das überhaupt von Bedeutung?

Egal. Ich vermute, dass ich mich darauf freue, was als Nächstes passiert – was ich schon seit langer Zeit nicht mehr getan habe. Eine unendliche, unvorstellbar interessante, neue Ebene des Daseins wartet darauf, von mir beobachtet zu werden.

Gut, sie wartet nicht darauf. Die kam auch vorher ohne mich zurecht, aber ich hab zum ersten Mal eine Aufgabe, die mir ganz für mich stimmig erscheint. Das ist doch schon mal was, oder?

Kapitel 8
Geborgenheit

Sobald das blaue Huhn wieder etwas nahbarer dreinschaut, beginne ich, es mit Fragen zu löchern. Geduldig, fast schon ruhig, erklärt er mir alles an Wesen und Orten, was er kennt. Es ist ein langsames Hinarbeiten auf das, was ich im Moment am dringendsten wissen möchte.

»Was macht ein Beobachter eigentlich genau?«

»Hauptsächlich ernst genau hingucken, du halbgare Person.«

Ich fahre fort, bevor er sich wieder zurückzieht.

»Schon klar, aber warum? Was hat diese Dimension davon, wenn ich ihr auf die Finger schaue?«

»Bessere Frage. Große Teile der Irrealität sind irgendwie – wie soll ich sagen? – halbquantenmechanisch. Die hängen in einer Unsicherheitssuperposition zwischen Sein und Nichtsein, kollabieren aber in einen Zustand, sobald jemand genauer hinsieht. Unausgegorene Figuren aus verworfenen Romanideen, verschwommene Erinnerungen, Träume, die sofort nach dem Aufwachen zu verblassen beginnen. So was eben. Du hast jetzt die undankbare Aufgabe bekommen, das alles zu überwachen, aufzuräumen und zu katalogisieren. Manche finden es schön zu wissen, was hier passiert. Die meisten interessieren sich schlicht nicht dafür. Ich persönlich halte das für einen grundlegend vergeblichen Versuch und vor allem ziemlich ...«

»Nervig. Ich weiß. Wenn ich darüber nachdenke, klingt das eigentlich eher, als wäre ich ein Physiker des Imaginären. Ich vermesse die Fantasie.«

Milton bleibt stehen, um mich skeptisch anzusehen.

»Du bist Hausmeister. Du machst im Prinzip bloß Inventur. Ich hatte ja gehofft, dass du wenigstens Schriftsteller oder so was wirst.«

»Oh, worüber schreiben die denn, wenn hier genau vor eurer Nase in jeder Sekunde der unmöglichste Fantasyquark abgeht?«

»Die sind natürlich schrecklich fasziniert von der Enge des Möglichen. Je kleiner und genauer reguliert das System des Kunstwerkes ist, desto geiler finden sie es. Ich hab hier mal ein Theaterstück gesehen, in dem ein Schauspieler nichts anderes getan hat, als zu behaupten, dass er eine Maschine sei, die einen Arm hebt, und seinen Arm zu heben. Du weißt nicht, was Langeweile bedeutet, bis du dir an einem Ort ohne Zeit gewünscht hast, dass etwas endlich vorbei ist.«

Einer der erfolgreichsten Romane des Imateriums heißt »Die Liebe in Dimensionen < 3«.

Das als brillant gefeierte Werk des Erfolgsschriftstellers Käpt'n Hansen Präsident Jamaika Rumverschnitt behandelt die Beziehungsgeschichte zweier punktförmiger Wesenheiten in einer Welt, die nur aus einer großen Fläche besteht. Die Figuren unterliegen alle streng der euklidischen Geometrie, Bewegungen funktionieren nur innerhalb der

Ebene, doch der womöglich genialste Kunstgriff dabei ist, dass die Protagonisten logischerweise nur in einer Abfolge aus Punkten und Geraden kommunizieren können, weshalb das Buch zum größten Teil im Morse-Alphabet verfasst worden ist.

Hat man sich erst einmal durch die achtzig Seiten Vorwort gekämpft, in dem eines der Punktwesen darüber sinniert, wie es sich anfühlt, eindimensional in einer zweidimensionalen Welt zu sein, erwarten einen anderthalbtausend Kapitel mit flachen Charakteren, platten Vergleichen und knisternder Erotik. En détail werden da die Dialoge und infinitesimalen Bewegungen beschrieben, die schlussendlich dazu führen, dass sich die beiden Punkte zu einer sehr kleinen Geraden vereinigen.

Ehrlich gesagt, bin ich froh, dass Milton keine Anstalten macht, mit mir das Kulturprogramm durchzuziehen.

Während er mir berichtet, was man an diesem Ort für Unterhaltung hält, kickt das blaue Huhn immer wieder Schreikäse in die Stratosphäre. Dieser entwickelt sich mittlerweile zu einer regelrechten Plage. In der Wirklichkeit muss irgendwer anscheinend seinen ganzen Tag darauf verwenden, über brüllende Milchprodukte nachzudenken.

Für jemanden, dem sich unmögliche Möglichkeiten bieten, wirkt Milton ziemlich unglücklich auf mich. Sein Kamm hängt schlaff herab. Eigentlich ist das gar nicht so unverständlich, schließlich nervt ihn die fundamentale Seinsart der Welt, in der er lebt. Hinzu kommt, dass ihn die Dinge, die andere zur Kurzweil betreiben, langweilen. Der arme Kerl.

Plötzlich durchzuckt mich ein Gedanke. Wut gepaart mit Verzweiflung steigt in mir auf.

»Hast du mich deshalb hergeholt? Um einen halbwegs interessanten Gefährten zu haben? Alles, was ich durchgemacht habe, nur um dich zu beschäftigen?«

»Was? Nein. Dafür hab ich Freunde, du Dramaqueen.«

Mit einem Mal ist der ganze emotionale Zirkus in mir still. Milton hat Freunde? Kein Wunder, dass er sich für mich die Bezeichnung maginärer Freund ausgedacht hat. Er musste mich von den anderen abgrenzen. Wie genau stehe ich zu denen? Was sind die Freunde meines imaginären Freundes? Vor allem: Wer sind die?

»Wie hab ich mir das vorzustellen? Hängst du mit Harry Potter und Doktor Faust ab, oder was?«

»Hängst du in deiner Welt mit Daniel Radcliffe und Goethe ab?«

»Nein.«

»Siehst du. Die Prominenz bleibt unter sich.«

Das Haus, das Miltons Freunde bewohnen, ist eine Blockhütte. Als solche bietet es einen vertraut gewöhnlichen Kontrast zum restlichen absurden Stadtbild, wie es da steht, zwischen einem Supermarkt, über dessen vermauertem Eingang dich zwei schauderhaft leere, tote Augen fixieren, und einem pochenden Herzen mit Tür, das zwischen jedem neunten und zehnten Schlag ein bisschen zu lange pausiert.

Meinem verwunderten Blick begegnet mein imaginärer Freund mit einem saloppen: »Sei froh. Wenn du regelmäßig kilometerlange Reisen durch siebenundzwanzig verschiedene Raumperspektiven absolvieren musst, nur um aufs Klo zu gehen, fängst du auch an, zu glauben, dass 'ne hölzerne Einraumwohnung gar nicht mal so übel ist.«

»Ihr geht in dieser Welt aufs Klo?«

»Wer so erdacht wurde, der muss auch.«

Kräftigt pickt das blaue Huhn mit dem Schnabel gegen das Portal, dann warten wir. Was für eine Bande von skurrilen Figuren er sich wohl als seinen engsten Kreis ausgesucht hat? Oft sucht man sich ja Leute, die einem recht ähnlich sind. Oh, oh. Erwartet mich da drin etwa eine Bande latent unterforderter, zynischer Arschlöcher? Na, das wird ein spaßiger Besuch werden.

Gut, manchmal reizt einen auch das, was ganz anders ist als man selbst. Also fünfzig völlig abgedrehte Wahnsinnige, die eine wilde Party schmeißen. Großartig. Genau, was ich brauche. Partys sind in der Irrealität bestimmt noch anstrengender als bei uns. Diese anlasslosen Zusammenkünfte, wo alle trinken und tanzen, damit sie nicht merken, dass sie nichts haben, worüber es sich zu reden lohnt – oder eben gezwungene Interaktion, die nicht über »Was machst du so? Aha. Schön.« hinausgeht. Ziellose Handlungen an anderen Personen, die durch ein Nichtevent verdeckt werden. Ich hasse Partys. Man geilt sich am tierischen Kontrollverlust auf. Das macht mich klaustrophobisch. Wie zur Hölle soll ich mich hier verhalten?

»Du schwitzt, Hebers. Blamier mich bloß nicht.«

Als der Knauf sich zu drehen beginnt, bauscht sich Miltons Gefieder. Im Eingang erscheint ein cartooniger Zylinder mit Armen, Beinen und einem Antlitz, eingerahmt von einem fulminanten Schnurrbart so wie einem Monokel

»Schön, dass ihr es geschafft habt.« Die Stimme des Hutes ist distinguiert, schleppend und signalisiert mal so gar nicht Party. Trotzdem dreht Milton voll auf.

»Lord Fancypants! Alter Mutterverführer! Was geht ab?«

Ein Monokel zerbricht auf dem Boden, begleitet von einem Ziegelstein, der dem Zylindermann mit einem *Klonk!* aus dem hinteren unteren Bereich seiner Person fällt. Aufgerissene Augen starren auf das blaue Huhn.

»Milton, wir sind in Trauer. Professor Hartmann ist von uns gegangen.«

Langsam dreht sich der angesprochene Fettnapftreter zu mir um. Sein geflügeliges Gesicht bedeutet mir ein stummes »Scheiße, das war heute«.

Ich bin verwirrt. Wie können fiktive Daseinsformen sterben? Wie kann das in einer zeitlosen, übergeordneten Existenzebene heute passieren? Mein Kopf schwirrt vor Fragen, allerdings bezweifle ich, dass ich in näherer Zukunft Antworten erwarten kann. Die peinliche Stille im Türrahmen macht mich schwindelig.

»Jetzt tretet doch bitte ein«, sagt Lord Fancypants resigniert. Mit gesenkten Häuptern schleichen wir ihm nach.

Im Inneren hat sich eine Trauergemeinde um ein Bett versammelt, in welchem regungslos ein älterer Herr liegt, offenkundig Professor Hartmann. Der Raum ist mit schwarzen Girlanden, Kränzen und Kerzen geschmückt. Das blaue Huhn und ich bleiben hinten zurück, während der Zylinder vor die drei weiteren anwesenden Daseinsfromen tritt.

»Das da ist der Buchstabe Njöll. Das große N mit den Umlautpunkten darüber. Nimm dich vor ihm in Acht, denn er ist auch gleichzeitig das mathematische Zeichen für das, was passiert, wenn man durch Null teilt. Also ist er ein bisschen bekloppt. Gib dem nichts zu trinken, dann wird der zu Njöll geteilt durch Njöll und eskaliert völlig. Richtige Partymaschine. Der dicke da ist Pai Hol. Er mag Kuchen.

Okay, das hast du dir vielleicht gedacht, so rund, wie der ist. Das ist eigentlich fast alles, was wir über ihn wissen, aber er ist wirklich witzig, was an einem Ort wie diesem schwierig ist. Mit dem kann man sich ewig über kompletten Unsinn unterhalten. Toller Typ. Und schließlich Hideko. Sie mag zwar ein japanischer Flusskobold sein, aber sie ist die tiefsinnigste Daseinsform, die ich kenne. Grade zusammen mit Pai Hol ergeben sich wunderbare Gespräche«, erklärt Milton mir im Flüsterton und deutet unauffällig in Richtung der entsprechenden Personen. Trotz des traurigen Anlasses erfüllt mich sofort ein Gefühl der Geborgenheit, denn Milton spricht mit einer Wärme über seine Freunde, die ich noch nicht kenne. Derweil hat Lord Fancypants seine Position neben dem Verschiedenen eingenommen. Er scheint bereit, ein paar Worte zu sprechen.

»Ihr wisst, Professor Hartmann war eine einfache fiktive Figur. Eine Variation des klassischen verrückten Wissenschaftlers. Er stammte aus einer Kurzgeschichte in der ersten Textsammlung eines Poetry Slammers, man könnte also sagen: aus bescheidenen Verhältnissen.

Dass wir das wissen, zeigt, wie besonders er trotzdem war. Er hat seinen Schöpfer treffen dürfen und zwar in etwas, das er 6. Dimension nannte. Gerne hat er davon erzählt, wie er durch die anderen Erzählungen seines Autors reisen durfte, um – wenn auch vergeblich – die anderen Charaktere darüber in Kenntnis zu setzen, dass sie Figuren in Büchern sind, bis er im letzten Werk keinen Platz mehr hatte und gar nicht mehr vorkam. Das war bedauerlicherweise sein Ende. Doch dann kam er zu uns. Durch die Geister seines Erfinders und einer mittelkleinen Leserschaft kam er ins Imaterium. Erst hier hat er Daseinsformen gefunden, die seine Überzeugungen und sein Wissen teilen. Erst hier hat er Freunde gefunden. Was seine Reise vollendet hat. Vielleicht kehrt er eines Tages in einem Sammelband zurück oder wird für eine Best-of-Lesung erneut herausgekramt, doch das ist mehr als ungewiss. Darum senden wir an dieser Stelle den Gedanken ›Professor Hartmann‹ in die ewige Nacht. Nicht mit Betroffenheit, sondern in dem Wissen, dass er seine Aufgabe erfüllt hat. Er hatte eine Bedeutung. Ihr könnt jetzt Abschied nehmen, liebe Freunde.«

Milton dreht sich zu mir, um mich zu fixieren. Sein Kamm hängt schlaff herab. Seine Federn sind zerzaust.

»Du hast bestimmt eine Fantastilliarde Fragen, aber an dieser Stelle nur so viel: Wir sind imaginäre Daseinsformen. Wir entstehen, weil sie uns in deiner Welt in irgendeiner Form erfinden. Das bedeutet, dass wir so lange leben, wie jemand von euch an uns denkt, oder wir zumindest tief in eurem Verstand präsent sind. Wenn mal kurz keiner an uns denkt, existieren wir vielleicht kurz nicht. Das ist nicht tragisch. Sobald ihr uns aber vergesst, sterben wir. Danach lösen wir uns mehr oder weniger schnell auf. Bei dem armen Hartmann kannst du es bereits sehen. Der dünnt an den Rändern schon merklich aus, aber das ist nun mal der Lauf der Dinge. Nur Promis leben hier quasi ewig.«

Darum war Milton in der Psychiatrischen so wütend auf mich. Die Medikamente haben ihn auf eine Ahnung, ein schmerzliches Gefühl in meinem Hinterkopf reduziert, was für ihn wie eine Nahtoderfahrung gewesen sein muss. Moment mal.

»Also deswegen hast mich hierher gebracht!«, zische ich. »Wenn ich dich hier permanent vor der Nase habe, kann ich dich ja schlecht vergessen. Du musst also nur in meiner Nähe bleiben und, schwupps, bist du unsterblich.«

Milton hackt mir auf die Hand. Der Schmerz unterbricht mich in meiner Tirade.

»Halt dein Maul, Menschlein. Glaubst du, ich hab Angst, zu sterben? Nichtsein tut nicht weh. Man kriegt das nicht mit. Ich fahre nicht zur Hölle, ich verliere keine reale Existenz, ich bin einfach nur nicht mehr da. Warum sollte ich mich fürchten?! Oder auch nur einen einzigen Fick darauf geben?!«

Unser flüsterndes Streitgespräch zieht unweigerlich die Aufmerksamkeit der anderen auf sich, also murmeln wir Entschuldigungen und reißen uns wieder zusammen.

»Es ist vielleicht besser, wenn du kurz vor der Türe wartest, Hebers.«

Ich ziehe mich respektvoll zurück. Was könnte ich anderes tun? Schließlich habe ich mich genug daneben benommen.

Draußen zünde ich mir eine Zigarette an, in dem kläglichen Versuch, die leeren Augen des Supermarktes neben mir und das ungesund arhythmisch pochende Herzhaus auszublenden. Die Straße ist erstaunlich leer, bis auf ein klagendes Stück Käse auf der anderen Seite.

Ich will mich nicht mit Milton streiten. Es ist nur, dass mich die schiere Masse an Fragen zu meiner derzeitigen Lage erdrückt – allen voran: Warum hat er mich hier hergebracht? Denn wenn ich mich recht erinnere, hatte ich beim Übergang keinerlei Kontrolle. Es ist doch wohl nicht zu viel verlangt, zu erfahren, was das alles soll. Speziell in einer Gesellschaft aus imaginären Daseinsformen, die alle diese dringendste Frage bemühen, wird man doch dafür Verständnis haben, oder?

Ein schweres Atmen viel zu nah an meinem Körper reißt mich aus meinen Gedanken.

»Hey, Kumpel, halt mal ein bisschen Abstand«, sage ich, dann drehe ich mich Richtung Supermarkt. Zu nah vor mir steht der Ladendetektiv. Dieser »Wie geht's Ihnen?«-Typ – gut geht's mir, danke. Ich fühle mich wohl. Seit ich weiß nicht wie lange, endlich mal wieder. Aber lass uns über was Schöneres reden.

Ein distanzkorrigierender Schritt zurück offenbart neue Information. Der Kerl trägt ausschließlich einen lumpigen Lendenschurz und Fußfesseln, doch seine Augen fucken mich richtig an. Durch mich hindurch stieren sie tausend Meilen in die Ferne. Ich kenne den Blick. Er ist nicht wirklich anwesend. Sein Körper und sein Bewusstsein sind nicht kongruent. Dann tropfen Laute aus seiner Mundhöhle: »Sie müssen zurückkommen.«

Die Worte spülen mich davon. Ich weiß nicht, warum. In mir steigt ein Gefühl der Unruhe auf. Adrenalin prickelt in meinen Füßen und lässt die Welt um mich herum verschwimmen. Stopp jetzt. Mit einer Willensanstrengung, die tief aus mir selbst kommt, rüttle ich mich korrekt.

»Wie bitte?«

»Sie haben Ihren Einkauf noch nicht bezahlt.«

Was für ein Unsinn. Ich erinnere mich, wo ich hier bin, und schiebe das Gefühl und den Ladendetektiv von mir weg. Er taumelt rückwärts, doch zeigt ansonsten keinerlei Anzeichen, zu reagieren. Langsam verstehe ich, was das blaue Huhn meint, wenn es von der imaginären Welt genervt ist. Nichts lässt sich hier auch nur im mindesten ernst nehmen.

Plötzlich öffnet sich die Tür der Blockhütte, was den Ladendetektiv dazu veranlasst, sich ruckartig umzudrehen und zurück zu seinem gruseligen Arbeitsplatz zu gehen. Ich sehe ihm nach, bis Milton neben mich tritt.

»Er ist weg.«

»Wer?«

»Exakt. Komm wieder rein. Wir haben den Kamin angemacht und wollen ein Non-Sequitur-Gespräch führen. Alte Tradition. Wird gemütlich.«

In der Ferne schreit ein Käse und das ist okay.

Kapitel 9
Kreativität

Um endlich meiner Aufgabe als Beobachter nachzukommen, habe ich mich entschlossen, ziellos in der Gegend herumzuwandern, in der Hoffnung, etwas zu finden, das meine Aufmerksamkeit erregt. Dabei bin ich auf eine Bäckerei gestoßen, die mich aus unklaren Gründen anzieht.

Wo diese sich befindet, lässt sich mal wieder nicht ausdrücken. Geht man von dem Haus, das Milton mit seinen Freunden bewohnt, eine ungewisse Anzahl Meter die Straße in eine beliebige Richtung entlang, kommt man jedenfalls nach einer Zeit X dort an. Es ist erstaunlich, dass sich unbestimmbare Entfernung und unbestimmbare Dauer gegenseitig aufheben, was vermutlich der Grund ist, warum man sich in dieser Welt überhaupt von A nach B bewegen kann. Es ist schlicht und ergreifend egal.

Das Geschäft an sich ist ein gigantischer Muffin, den man durch eine schwingende Saloontür betritt, um dann vor dem Inhaber zu stehen, einem menschengroßen, lebendigen, Schürze tragenden Muffinmann. Drinnen ist alles Muffin: die Einrichtung, die Bilder, und sogar der Boden macht beim Auftreten ein saftiges, feuchtes Geräusch.

»Ich bin der Muffinmann!«, ruft der Muffinmann. Ein freundliches Grinsen entblößt Muffinzähne. Ich kriege Kopfschmerzen oder Hunger. Schwer zu sagen, wenn man nicht das tatsächliche Gefühl hat, sondern nur die Idee von Leere im Bauch.

»Na, das wird garantiert kein nerviges Gespräch werden«, entgegne ich ungeniert. Durch den Abend mit Miltons Freunden habe ich eine wichtige Erkenntnis gewonnen: Hier muss ich mir keinen einzigen Gedanken darüber machen, was ich sage. Du kannst nichts Falsches sagen, wenn alles um dich keinen Sinn hat. (Mir ist bewusst, dass es »Sinn ergeben« heißt, allerdings ist Sinn in diesem Zusammenhang eine Eigenschaft, die den Dingen fehlt. Sie haben keinen Sinn und machen sich meistens gar nicht erst die Mühe, welchen zu ergeben.)

»Oh, doch, mein Herr, das Gespräch wird herausragend nervig werden. Ich meine, schauen Sie mich an. Ich bin ein anthropomorpher Muffin«, sagt der scheinbar ironieresistente, aber erstaunlich Ich-bewusste Muffinmann und fährt fort. »Was sollte denn anderes passieren als ein schrulliges Gespräch? Glauben Sie etwa, dass ich jetzt plötzlich eine Waffe unter dem Tresen hervorhole und Sie überfalle? Nein, nein, ich bin doch der Muffinmann.«

Dann tut er genau das. Ich starre in den gähnenden Doppellauf einer Schrotflinte.

»Schießt die mit Muffins?«, frage ich unbeeindruckt.

»Vermutlich. Schauen Sie sich um, an diesem Ort ist alles Muffin!« Er lacht mit einer irren Verzweiflung, die aber so was von überhaupt nicht Muffin ist, danach legt er das Gewehr beiseite. Zum zweiten Mal lasse ich den Blick über die Szene gleiten, bis mir ein Gedanke kommt.

»Sie sind der Muffinmann ...«

»Ich bin der Muffinmann«, nickt er. Mittlerweile ist er fast den Tränen nah. Ich möchte ihn wirklich gern weinen sehen, nur um zu wissen, ob aus seinen Augen auch kleine Muffins kullern.

» ... und Sie wohnen in einem Muffinhaus. Kommt Ihnen das nicht auch komisch vor?«

»Wie meinen Sie das, mein Herr?«

»Na ja, ihr ganzer Deal ist auf diese brechreizerregend liebenswürdige Weise exzentrisch – Sie sind ein Muffin und bewohnen ein Muffinhaus. Sweet. Aber müssten Sie nicht logischerweise in einem Muffinbackblech wohnen? Ich meine, ich bin ein Mensch und ich wohne auch nicht in einem Haus, das aus menschlichen Körperteilen gebaut wurde. Muss das nicht extrem verstörend für sie sein?«

Dem Muffinmann fällt angesichts dieser Erkenntnis alles aus seinem Muffingesicht. Vollkommen desorientiert beginnt er, zu taumeln, fällt und kotzt dann bunte Streusel auf den Boden. Das ist noch besser, als wenn er Minimuffins weinen würde.

»Oh mein Muffin! ALLES ist Muffin! ALLES ist Muffin!«, krampft die anthropomorphe Süßspeise auf dem Boden. Erst als er die Worte ausspricht, wird ihm die volle Tragweite ihrer Bedeutung klar, denn plötzlich springt er auf und rennt zum muffinförmigen Ofen herüber. Mit zitternden Händen holt er ein Blech mit Muffins daraus hervor.

»Das sind meine Kinder! Deswegen haben meine Frau und ich nie welche bekommen! Wir haben sie verkauft! Und dann haben die Leute sie gegessen!«

Sein Blick fällt auf die Schrotflinte, die immer noch auf dem Tresen zwischen uns liegt. Ohne zu zögern, schiebt er sich den Lauf in den Mund, dann betätigt er den Abzug. Schokoladige Füllung streicht die Wand hinter ihm.

Von dem Knall aufgeschreckt stürmt der Muffinehemann aus dem Nebenzimmer herein. Als er den Freitod seines gebackenen Lebensgefährten erkennt, stürzt er neben diesem zu Boden, um den leblosen Körper ein letztes Mal in den Armen zu wiegen. Klitzekleine Muffins tropfen herab.

Ich hab alles gesehen. Sollte ich jemals Chef von irgendwas sein, werde ich diese Geschichte erzählen, wenn ich Leute entlasse. Kaum hat dieser Gedanke mein Hirn passiert, fühle ich mich falsch. Deplatziert. Wie ein Fremdkörper.

Bevor ich den Laden verlasse, nehme ich mir einen der frischen Muffins vom Blech und beiße hinein.

Wenn man eine Weile in der Irrealität verbracht hat, fängt man an, die Dinge anders zu bewerten. Außergewöhnliches wird alltäglich und Alltägliches außergewöhnlich. Wer sein Leben lang nicht essen muss, fängt irgendwann an, so zu tun als ob. Aus Faszination heraus. Das ist das Prinzip hinter dem Verteilen der Aufgaben durch den großen Organisator und vermutlich der Grund, warum mich die Bäckerei derart angezogen hat. Die Erinnerung an eine schrecklich banale Tätigkeit, die durch den Overkill meines aktuellen Umfeldes zu etwas Außergewöhnlichem wird.

Man kann nur hoffen, dass es niemals zu einem Krieg zwischen dem Immaterium und der Realität kommt. Wir werden gnadenlos verlieren. Was angeblich Sinn ergibt und real ist, ist ein mikroskopischer Bruchteil von dem, was unsinnig und unmöglich ist. Möglich sein, bedeutet endlich sein. Nur das Unmögliche ist unendlich frei.

In meine Gedanken versunken, bemerke ich den Obdachlosen erst, als er mich anrempelt.

»Hast du Geld für den Bus zurück?«, krächzt er. Ich bin mir gar nicht sicher, ob ich überhaupt Geld habe im Moment. Hab ich welches mitgenommen? Zigaretten habe ich, aber die brauche ich auch.

»Nein, sorry. Ich hab kein Geld.«

»Dann wird der Rückweg ziemlich schwierig für dich.«

Ach, ich soll den Bus zurücknehmen. Was? Der ist doch auf Droge. Ich nicke, dann drehe ich mich, um zu gehen.

»Der Übergang kostet immer etwas. Der Fährmann verlangt sein Geld.«

Ja, ja, rede du nur. Ich weiß, wen ich in meiner Funktion als Beobachter nicht genauer unter die Lupe nehmen werde. Junkie.

Die Landschaft, welche sich vor mir ausbreitet, möchte ich mit einem Dalí-Gemälde vergleichen. Eine weite Ebene mit perspektivisch fragwürdigen Bergen im Hintergrund. Es fehlt nur noch eine brennende Giraffe oder eine Schubladenfrau. Stattdessen tummeln sich an diesem Ort Herden von Zeugs.

Meine Faulheit springt an, denn die hemmungslose Anzahl gepaart mit dem Grad an Absurditäten beginnt, mich zu überfordern und gleichzeitig zu unterfordern. Da sinnlost einfach zu viel herum, um es klar zu katalogisieren. Bemerkenswert an meiner – wie mir ja von Anfang an bewusst war – vergeblichen Arbeit ist nämlich, dass, sobald ich eine Daseinsform intellektuell eingefangen habe, daneben eine neue aufploppt, die sich von der ersten marginal unterscheidet. Zählt das bereits als neue Daseinsform?

Muss das extra beobachtet werden? Derweil kickt Milton Schreikäse aus der Atmosphäre und beobachtet, wie ich mich abmühe.

Währenddessen spielen Lord Fancypants, Pai Hol, Njöll und Hideko neben uns ein Spiel, das mich paradoxerweise reizt. Es heißt: »Ich sehe was, was du nicht siehst, und das ist uninteressant.« Dabei sagen sie nacheinander Dinge aus dieser Welt auf, die mit ihrer Vorstellung der Realität übereinstimmen. Der Himmel ist oben, der Boden ist unten. Zeug fällt runter. Solche Sachen. Es erinnert mich an früher.

»Was passiert, wenn du die selbe Daseinsform zweimal katalogisierst, Hebers?« Das blaue Huhn versucht genau wie ich, hinter dieses seltsame Phänomen zu kommen, das meine Aufgabe anscheinend mit sich bringt.

»Gute Frage. Das habe ich noch nicht ausprobiert«, entgegne ich und beginne damit, eines dieser würfeligen Wesen, das in etwa aussieht wie eine in die Schrottpresse geratene Kuh auf tausenden winzigen Beinen, erneut aufmerksam zu beobachten. Beim ersten Mal erschien kurz darauf ein sehr ähnliches Würfelwesen, aber mit mehr Beinen, was insofern erstaunlich war, als mir die Beine besonders aufgefallen waren. Jetzt liegt mein Auge eher auf der Kuhartigkeit der Daseinsform.

Wie zuvor erscheint eine weitere Daseinsform, welche der ursprünglichen Tausendfüßlerquadratkuh zum Verwechseln ähnlich sieht, mit dem Unterschied, dass die neue auch noch muht.

»Und jetzt die neue Quadratkuh auch nochmal«, schlägt Milton vor. Ich konzentriere mich. Selbes Ergebnis – nur dass die dritte Generation würfeliger ist als die Generationen zwei und eins. An Kuhartigkeit steht sie jedoch ihrer Mutter in nichts nach und übertrifft damit ebenso die Großmutter.

»Was passiert hier? Vermehren die sich? Sind das Mutationen?«, wirrt es aus mir heraus, was Milton den Kopf schütteln lässt.

»Mit Fortpflanzung haben wir es hier nicht so. Wir entstehen ja dadurch, dass Menschen sich uns ausdenken. Manchmal werden wir auch von sehr klugen Delfinen geträumt, aber das ist dann meistens Fisch.«

Seine Worte wirbeln in meinem Kopf herum. Ich bin doch ein Mensch.

»Ich glaube, ich hab es. Lass mich was probieren.«

Mit geschlossenen Augen beginne ich, mich zu konzentrieren und in meinem Geist einen Rüssel an ein geflügeltes Schaf zu pinnen. Ich stelle es mir ganz genau vor in allen Einzelheiten, die mir einfallen. Die Übergänge, wo die Schnauze sich zu verlängern beginnt, wo die großen Adlerschwingen aus der Wolle herauswachsen.

Auf einmal höre ich über mir ein Trompeten, öffne die Augen und dann bricht ein ganzer Schwarm meiner Imaginationen durch die Wolkendecke. Unwillkürlich muss ich schmunzeln. Töröschafe.

»Du hast das gemacht«, stellt Milton fest. Plötzlich ist er ganz ruhig.

»Ja. Oh, schau mal, sie tragen zusammen eine der Quadratkühe weg. Ich befürchte, ich habe sie als Fleischfresser erdacht.«

»Fancypants, komm her.«

Seine Lordschaft erhebt sich, um dem Ruf des blauen Huhns zu folgen.

»Siehst du diese fliegenden Rüsselschafe da auch?«

»Ja. Ziemlich unoriginell, wenn du fragst, mein Lieber.«

»Danke sehr.« Ich bin gekränkt, obwohl mir bekannt ist, wie er und die Anderen ticken.

»Milton hat die imaginiert.«

Und das ist das zweite Mal, dass Lord Fancypants ein Ziegelstein aus dem Arsch fällt. Das kann doch nicht gesund sein. Unverzüglich wird der Rest der Bande herbei beschworen. Nachdem Milton die Situation erklärt hat, bricht ein heilloses Durcheinander aus. Njöll beginnt, gefährlich zu vibrieren – ein Zustand, der signalisiert, dass er kurz davor steht, sich durch sich selbst zu teilen. Nur eine von Hidekos Wasserweisen kann ihn dann noch beruhigen. Sie muss singen. Ich kann der Aufregung nicht folgen.

»Was ist los?«

»Das ist das erste Mal, dass uns die Gnade zuteil wird, bei der Geburt einer imaginären Daseinsform dabei sein zu dürfen«, erklärt die Flusskoboldin, nachdem sie den Gesang beendet hat und während sie Njöll noch ein bisschen an einem seiner Punkte krault.

»Aber hier entstehen und vergehen die Wesen doch am laufenden Band«, werfe ich ein.

»Natürlich«, bestätigt Lord Fancypants. »Nichtsdestotrotz werden wir dabei allerdings bloß vor vollendete Tatsachen gestellt. Wir sehen stets allein das fertige Produkt, denn der gedankliche Prozess findet nicht in unserer Welt statt.«

»Ich versteh das nicht. Ihr erfindet doch genauso Sachen. Ihr habt eine ganze Kultur mit Schriftstellern, Künstlern und allgemein Leuten, die kreativ tätig sind. Entsteht dabei nichts, oder was?«, protestiere ich.

»Nein, mein Lieber. Wir sind eben nicht real. Unsere Gedanken, das was nur in unseren Köpfen ist, existiert noch weniger als wir selbst.«

»Die Gedanken eines Gedanken sind nichts«, säuselt Hideko und dann meldet sich auch Pai Hol zu Wort: »Deine Gefühle haben keine Gefühle. Was passiert denn, wenn dein Glücklichsein traurig ist?«

»Keine Ahnung. Was passiert dann?«

»Depression. Vermutlich«, sagt Pai Hol trocken. Entweder war dieser Witz von ihm sehr schlecht, sehr bitter oder kein Witz. Langsam begreife ich, dass wir an dieser Stelle den Rand von Allem erreichen. Wie soll ich es anders formulieren?

»Bist du dann wirklich glücklich?«, fragt Hideko.

»Wir würden uns gleichsam selbst negieren, würden wir nicht?«, schließt Lord Fancypants.

»Wow!«

Eine Weile stehen wir lediglich da. Erstarrt durch eine Erkenntnis und ihre Konsequenzen, von der niemand von uns jemals gedacht hätte, mit ihr in Kontakt zu kommen.

»Immerhin musst du jetzt nicht mehr irgendwelche Scheiße beobachten und katalogisieren«, meint Pai Hol, wobei er mit den Schultern zuckt.

»Wieso?«

»Versprich mir einfach, dass du, wenn du dann das mächtigste Wesen dieser Welt bist, auch alle anderen ignorierst und schlecht behandelst. Nicht nur uns als deine ehemaligen Freunde. Okay?«

Ich kann schon wieder nicht folgen, also schaue ich verwirrt in die Runde, bis Lord Fancypants sich erbarmt.

»Denk doch nach, mein Lieber, was für eine Attraktion dies darstellt. Du kannst im Alleingang die gesamte Unterhaltungsbranche revolutionieren. Sogar die Psychedelogie. Weiterhin besitzt du die Gabe, allen imaginären Daseinsformen ihr Sein schwer zu machen, indem du ihren Antagonisten erschaffst oder eine kranke Mutter. Wenn jemand stirbt, kannst du sie reimaginieren. Das ist Macht.«

Stufe um Stufe purzelt das Verständnis die Treppe hinab. Ich fixiere das blaue Huhn, das die ganze Zeit still geblieben ist.

»Das ist es also. Endlich haben wir es.«

»Was jetzt schon wieder, Hebers?«

»Darum hast du mich hergeschafft. Macht. Du willst mich benutzen.«

»Jetzt lass es doch endlich mal gut sein, du halbgare Person! Ich lade dich in meine Welt ein, teile meine Freunde mit dir, du bist so glücklich wie noch niemals zuvor in deinem beschissenen kleinen Leben und zum Dank heulst du mir ständig die Ohren mit deiner pseudoexistenzialistschen Kacke voll und beschuldigst mich alle fünf Minuten mit irgendwelchen undurchdachten Verschwörungstheorien. Ich bin's wirklich leid. Wie wär's stattdessen mal mit ein bisschen Dankbarkeit, hä? Wo ist denn mein Erlösermoment?«

»Oh, danke sehr, dass du dich dazu herabgelassen hast, mir in meiner Not beizustehen.«

»Das habe ich de facto getan!«

»Ich hab dich nicht darum gebeten!«

»Natürlich hast du das nicht. Du hast mich deswegen erschaffen! Ich bin Teil von dir! Das ist viel beschissener, denn glaubst du, das macht mir Spaß, die Personalisierung deiner Langeweile, deiner Weltfremdheit, deines Zynismus und all dessen zu sein, was du nicht auf die Reihe bekommst? Ich hab nicht darum gebeten, dass du mich erschaffst!«

»Das war auch gar keine Absicht! Du bist ein Fehler in meinem Kopf! Du bist eine Krankheit! Aber heute ist dein verfickter Glückstag, denn das ist jetzt vorbei. Ich brauche dich nicht mehr. Verschwinde!«

Dann geht Milton. Einfach so. Ohne ein weiteres Wort. Dafür kommt Ziegel Nummer Drei.

Kapitel 10
Ein Gott

Ich bin ein Gott!

Wie könnte ich das nicht sein? Ich habe die Fähigkeit, ein Leben allein Kraft meiner Gedanken zu kreieren. Es mag ein imaginäres Leben sein, aber ein Leben ist ein Leben. Allein Leben zu nehmen, fällt mir schwer. Das muss von selbst passieren. Aber ich kann diese Welt und ihre Regeln nach meinem Willen beeinflussen. Wie viel mehr Gott kann man sein?

Gut, ich bin auch nicht allwissend. Allwissend sein, ist ohnehin überbewertet. Wenn man erstmal allmächtig ist, dann macht man die Dinge halt so, wie man sie weiß. Schon ist man wenigstens effektiv allwissend.

Natürlich habe ich meine eigene Größe anfangs nicht erkannt. Zuerst habe ich den ganzen beschissenen Zirkus mitgemacht. Als sich herumgesprochen hatte, dass ein Schöpfer – sie sagen Mensch, ich sage Schöpfer, denn das bin ich für sie – anwesend sei und wozu dieser in der Lage wäre, ging das los, was Lord Fancypants vorausgesehen hatte.

Plötzlich wollten alle etwas von mir. Vorträge musste ich über die Wirklichkeit halten und psychedelogische Sitzungen besuchen, um den wissbegierigeren, vernunftbegabten, imaginären Daseinsformen ein wenig Gewissheit in ihre größtenteils auf Spekulation gestützten Erklärungsmuster zu schenken.

Sehr beliebt waren logischerweise vor allem meine Erzählungen, was in der Wirklichkeit alles nicht möglich ist. Dass der Raum in der Realität nur drei Dimensionen hat und Zeit nur in eine Richtung fließt, jagte ihnen wohlige Schauer über den Rücken. Gute Science Fiction. Nur ohne Fiction. Just science.

Da tauchte auch bereits das erste Problem auf: Mein Wissenstand über die Funktionsweise des physikalen Universums ist stark begrenzt, doch die Gier der Daseinsformen nach Fakten unerschöpflich. Irgendwann musste ich zwangsläufig Dinge erfinden. Du kannst den Leuten nur mit einer sehr begrenzten Häufigkeit erzählen, dass Wasser nicht bergauf fließen kann, bevor der Applaus und die Begeisterung langsam nachlassen.

Doch der Betrug war perfekt. Selbst die Fiktiven, denen ihre Schöpfer ein gewisses Verständnis der materiellen Welt mitgegeben hatten, glaubten lieber einem echten Menschen als dem, was in ihre eigenen Köpfe eingepflanzt worden war. ER war dort, ER muss es wissen. Gerade bei einer derart geringmöglichen Wirklichkeit im Vergleich zur Irrealität. Warum sollte er nicht all die Antworten haben? Und ich hatte all die Antworten. Ich wurde zum Guru.

Noch beliebter war nur eine Sache: mein Trick. Selbst diejenigen Daseinsformen, die keine spirituelle Führung suchten, waren buchstäblich verrückt nach meinem Showprogramm. Darin erschuf ich gemäß den Zurufen des Publikums neue Wesenheiten nach Wunsch. Ein Löffel mit Selbsterkenntnis, der traurige Lieder über die Berge singt? Kein Problem für den Meister. Sie kamen in Scharen, um zu sehen, wie ich meine und ihre Kreativität auslebte.

Ich glaube, Letzteres war genau der Punkt, der sie daran fasziniert hat. Endlich – nach all den Jahren in der Knechtschaft der Passivität, in denen sie nie sicher sein konnten, ob heute jemand an sie denkt und sie subsequent existieren dürfen oder nicht – waren sie an der Reihe, zu kreieren. Durch mich. Was wurde ich dafür bejubelt. Stell dir ein Volk trauriger Wesen vor und ich war der mit dem großen Witzebuch. Sie wollten exakt diese eine Sache. Ich gab es ihnen und sie liebten mich dafür. Ich wurde zur Diva.

Das war dann das zweite Problem. Wer Diva und Guru ist, kann nur noch ein Gott werden. Wenn du dich für den Größten hältst und meinst, die finale Weisheit erkannt zu haben, dann ist der logische nächste Schritt, anzunehmen, dass du Gott bist.

Folglich stellte ich all meine sonstigen Tätigkeiten ein, um mich meiner größeren Aufgabe hinzugeben. Ich habe wichtigeres zu tun. Jetzt bin ich bereit, Gottscheiß abzuziehen.

Mit einem Gedanken schrumpfe ich die Gesamtheit der imaginären Existenzebene auf die Größe einer Murmel zusammen und stecke sie in die Tasche. Ich brauche Platz – viel Platz für große Pläne, denn Gottscheiß Nummer Eins ist immer, ein eigenes Universum zu erschaffen. Da wäre das alte nur im Weg gewesen. Eine Welt, wie ich sie mir vorstelle. Perfekt. Mir stehen alle Möglichkeiten offen.

Und mir fällt nichts ein. Nein, das stimmt nicht. Was ich gerade erfahre, ist keine Ideenlosigkeit. Ich hab Milliarden von Ideen. Mein Geist breitet sich gasförmig in alle Richtungen aus. Die Frage ist viel eher: Was tue ich als Erstes?

Erstaunlicherweise muss ich an ein Relikt aus meiner früheren Kindheit denken, als ich noch zur Kirche gegangen bin und dutzende Fragen hatte. Zum Glauben, zu Inhalten, zu Gott. Glaube lässt in sich keinen Platz für Fragen. Unsicherheit, Neugier, Forscherdrang und dergleichen lassen Platz für Fragen.

Meine Erinnerung bezieht sich auf das Evangelium nach Johannes, erstes Kapitel, erster Vers: »Am Anfang war das Wort und das Wort war bei Gott.«

So viel Zeit und so viele Ereignisse später weiß ich, was das Wort war, das da bei Gott war, als er auf die Leere sah, unendliche Möglichkeiten vor sich, und sich fragte: »Womit fülle ich das alles? Welche der möglichen Schöpfungen in meinem Kopf soll ich tun? Was ist gut und richtig? Wer wird je den Unterschied merken, falls mir nachträglich doch eine bessere Version einfällt? Giraffen? Grundsätzlich eher ja oder eher nein?«

Das Wort war: *Ähm.*

Wenn ich darüber nachdenke, fällt mir auf, dass nichts notwendigerweise sein muss. Es muss nichts existieren. Es kann auch ganz schnöde nichts sein. Gar nichts. Keine Existenz ist zwingend. (Außer vielleicht meine eigene.) Warum also überhaupt etwas machen?

Nichts ist vielleicht sogar besser als Etwas. Da kann sich nämlich keiner beschweren. Selbstverständlich wird das das Erste sein, was passiert. Ganz sicher. Du schöpfst jemanden und diese Person beschwert sich dann erstmal.

Öh, ich wollte weniger Arme und mehr Laser. Öh, das Grün ist mir allgemein nicht grün genug. Öh, es gibt hier gar keine Schnitzel. Mimimi. Öh, zu existieren, bedeutet, zu leiden. Öh, Gott ist tot.

Was glaubt der, wer er ist? Diese Dreistigkeit, sich einfach herauszunehmen, mich für tot zu erklären. Undankbares Schwein. Ich schenke dem eine ganzes Universum und er heult die ganze Zeit rum! Warum bin ich hier? Wo gehe ich hin? Das wird mir alles zu stressig. Dann lieber gar nichts. Bis ans Ende aller Tage bloß Ruhe.

Vielleicht nur ein bisschen was. Kein jemand, nur ein kleines Etwas. Pflanzen, Tiere, so Basiszeug halt. Das ist doch hübsch. Da kann nichts passieren. Mach ich erst mal ein kleines Schläfchen.

ZZZ!

Oh mein ich selbst, was ist denn hier passiert? Evolution? Wer hat die denn angelassen? Jetzt haben die sich alle weiterentwickelt und sich dann alle gegenseitig in die Luft gesprengt. Vollidioten.

Also muss ich wohl doch irgendwas designtes erschaffen. Was, das ein bisschen besser durchdacht ist ... Aber dann weiß ich ja, was passiert. Wie kann etwas gleichzeitig derart schwierig und langweilig sein?

Na gut, dann eben mit etwas mehr Chaos und nur einem Schuss freiem Willen. Sieh an, schon wird die Sache interessanter ... Und sie haben sich wieder in die Luft gesprengt.

Vielleicht kann ich die Variablen dahingehend verändern, dass sie möglichst lange überleben. Auf diese Art hätte ich quasi einen Highscore, den es zu schlagen gilt. Mein persönliches Spielzeug.

So. Alles neu kalibriert und von vorne ... Oh, die halten sich länger, gut. Dann bau ich mir jetzt einen Palast und lege mich aufs Ohr.

Gott zu sein, ist verdammt anstrengend und langweilig. Ich wünschte, Milton wäre hier.

Kapitel 11
Der Fährmann

Zusammengesunken und schwer sitze ich auf meinem Thron als der fette, desinteressierte Gott der Faulheit, der ich bin. Dort, inmitten der Haupthalle, wirbelt mein letzter ernsthafter Versuch einer Schöpfung. Gelangweilt, ohne zu sehen, stiere ich auf das sich windende Stück Leben vor mir und ignoriere seine Schreie zwischen Entstehen und Vergehen.

Die letzte spannende Neuerung war, dass ich entdeckt habe, wie ich meine Kreaturen sterben lassen kann. Wenn man lange genug schöpferisch tätig ist, vergisst man zwangsläufig einen Teil seiner Erzeugnisse. Vergessen lässt sich gleich jeder anderen geistigen Fähigkeit üben und schließlich kontrollieren. Da entflammte noch einmal ein Gefühl von echter Bedeutsamkeit. Ich ließ sie natürlich verrecken. Ich ließ sie willkürlich verrecken. Ich ließ sie in immer perversen, ironischen Wendungen des Schicksals verrecken. Doch das Leben ist so unendlich dickköpfig: Hast du erst die richtigen, tragfähigen Parameter gefunden, beharrt es stur darauf, weiterzuleben – egal, ob ein spezielles Individuum fehlt oder nicht. Also wurde ich selbst ihrer Tode überdrüssig.

Jetzt ist mein letztes ernsthaftes Universum reine Dekoration. Es hat jeglichen Unterhaltungswert verloren. Ich greife nicht mehr ein, beobachte nicht mehr, höre nicht mehr zu. Ein vernachlässigter Tank mit Urzeitkrebsen, die sich durch ein Kreislaufsystem selbst versorgen.

Mein Palast beherbergt in endlosen Kammern noch weitere, spätere Schöpfungen. Furchtlose Versuche, mich zu unterhalten, indem ich immer unsinnigere, speziellere Systeme generiere. Ich bin ein Apparat, der Kosmosse produziert. Und wie bei einem Apparat fehlt mir mittlerweile das Bewusstsein dafür. Dass dies ebenfalls öde werden wird, hätte mir von meinen Erfahrungen mit der ursprünglichen imaginären Welt klar sein können, doch ich fühle nichts mehr. Hinter den stets fluktuierenden Türen meiner Festung lagern die Fehlfunktionen einer Gottmaschine.

Irgendwo habe ich mal gehört, dass schon die Philosophen im antiken Griechenland erkannt haben, dass ein Gott, den man nicht wahrnehmen kann und der nicht mit seiner Schöpfung interagiert, von einem Gott, der nicht existiert, absolut ununterscheidbar ist. Der eine ist so gut wie der andere. Was bin ich dann noch?

Plötzlich passiert ein Geräusch. Das ist ungewöhnlich überraschend. Hier passiert eigentlich nichts, das mich überrascht. Bei genauerem Hinhören, erkenne ich, um was es sich handelt. Sprache. Allerdings habe ich nichts gesagt. Jemand anderes hat etwas gesagt. Wie kommt das?

»Verdammter Schreikäse!«, höre ich. Danach geschieht ein schmatzender, platzender Laut. Interessant.

»Warum ist es hier so dunkel? Hebers! Warum ist es bei dir so dunkel?«

Den Namen habe ich schon lange nicht mehr gehört. Der Name des Herrn. In meiner Hosentasche bricht ein Tumult los, dann schiebt sich der Kopf eines blauen Huhns daraus hervor.

»Milton! Du bist wieder da?«

»Ganz recht, mein maginärer Freund, aber die viel bessere Frage ist doch: Warum bin ich in deiner Tasche?« Mühsam kämpft er sich frei und flattert vor mir auf den Boden.

»Ich habe die Gesamtheit der Irrealität geschrumpft, damit ich sie in meine Tasche stecken kann. Dann habe ich sie anscheinend da vergessen.«

»Aha. Aus unserer Perspektive sah das aber ein bisschen anders aus.« Er schüttelt sein Gefieder aus.

»Wie denn?«, frage ich verwundert zurück.

»Gar nicht.«

»Wie gar nicht?«

»Der Rest von uns hat davon nichts mitbekommen.«

Wie kann das sein? Gut, ich habe sie nur geschrumpft, um Platz zu haben, aber das müssen die doch irgendwie mitbekommen haben? Wenn ein metaphysisches Wesen dein Universum verändert, bekommst du das doch mit. Oder? War ich so gnädig, sie alle in Unwissenheit zu lassen?

Unterdessen dreht Milton sich und schaut auf den wirbelnden Kosmos vor uns.

»Nett. Hast du ein bisschen Gott gespielt, während ich weg war?«

»Gespielt? Ich bin Gott. Ich erschaffe und zerstöre in jedem Moment ganze Welten, ohne es zu bemerken!«

Das blaue Huhn wendet den Kopf, damit es mich skeptisch anschauen kann, dann sagt er trocken: »Jeder Grundschüler mit Buntstiften und einer Tapete kann das auch.«

»Aber jedes Zimmer dieses Schlosses enthält ein ganzes Universum!«

»Ein Grundschüler mit ADHS und viel Tapete. Was ist hier drin?« Er springt vom Thronpodest und trippelt auf die erste Tür zu meiner Rechten zu. Ein Moment vergeht, bis ich mich erinnern kann, was sich dahinter verbirgt.

»Geh da nicht rein!«

Trotz meiner Warnung öffnet Milton die Tür. Aus dem Raum dahinter kriecht ein langes, wollüstiges Stöhnen, schwappt über ihn und umschmeichelt den Saal. Feinste hedonistische Geilheit kondensiert in einem Laut. Das blaue Huhn prallt zurück.

»Ih! Krank, was da abgeht! Ich meine, ich urteile nicht. Das ist ein völlig akzeptabler Lebensstil.« Mit gespielter Lässigkeit schüttelt er die geheimen, unaussprechlichen Perversionen ab, die sich nur ein zutiefst gelangweilter Verstand ausdenken kann.

»Ich hasse diesen Raum für das, was er ist, und dafür, dass er mir keine Freude mehr bereitet.«

Unvermittelt bauscht Milton sich auf.

»Wie kann einem ... sowas! ... über sein?!«, dann seufzt er und fährt fort: »Hör zu. Du bist nicht mehr Gott als jeder andere Typ, der isst, schläft und kackt, auch. Es wird Zeit, dich wieder daran zu erinnern, was genau du eigentlich bist. Und jetzt pack gefälligst das Immaterium wieder vor deine Festung der Einsamkeit. In die Tasche gesteckt. Volltrottel.«

Und so, wie er es sagt, geschieht es auch.

»Eine Tür wäre nett, Hebers.«

Es ist vollbracht.

Während das blaue Huhn durch die Halle auf das Portal zu stolziert, beginnt er, zu erklären, was er in der Zeit nach unserem Streit getrieben hat.

»Ich bin zu den Erinnerungen gegangen. Deprimierender Ort. Da schleichen hohläugige Restbilder toter Menschen ziellos durch die Gegend und müssen immer wieder die Szenen durchleben, an die sich die Hinterbliebenen erinnern, während sie langsam verschwinden. Richtig gruselig. Vor allem ist es arschschwierig, dort jemand speziellen zu finden. Aber ich hab es geschafft.«

Schwungvoll stößt das blaue Huhn mit seinen Flügeln die schwere Holzpforte auf. Dahinter kommt eine dünne, ausgezehrte, menschliche Gestalt zum Vorschein, die an den Rändern bereits sehr durchsichtig ist. Wie ein Untoter, was er in gewisser Weise auch ist, wankt die Person von Milton begleitet vor meinen Thron.

Als ich endlich erkenne, um wen es sich handelt, wird mein Bewusstsein bis in den innersten flackernden Kern selbst erschüttert. Ich bin es. Bevor ich fett und göttlich wurde. Mein altes Ich wirkt dank seines leeren Blickes sowie eines tonlosen Vor-sich-Hinbrabbelns mehr als unverbunden mit seiner Umwelt.

»Oh, du hast doch die Lippen bewegt, obwohl ich dir davon abgeraten hatte. Shit«, stellt mein imaginärer Freund fest.

Eine Welle verschiedenster Gefühle brandet über mich hinweg. Ich fühle. Seit unsagbarer Zeit wieder. Und es sind keine guten Empfindungen. Mich dermaßen zerstört und schwindend zu sehen, macht mich fertig. Ich bin ein

Gott. Ich löse mich nicht auf. Ich bin groß und mächtig und ewig. Das da hat nichts mit mir zu tun.

»Was hat das zu bedeuten?«, hauche ich und während ich spreche, bewegt mein altes Ego die Lippen etwas deutlicher. Auch Milton ist das aufgefallen.

»Das hat zu bedeuten, dass du eine Chance hast, nach Haus zu kommen. Guck, du fängst bereits an, dich an dich selbst zu erinnern.«

Unser Atem synchronisiert sich. Ein kurzer Test offenbart, was ich befürchte. Ich sehe, wie er mehr und mehr meine Bewegungen imitiert – verzögert, schwächlich, zerbrochen, wie das, was er ist: eine verblassende Erinnerung. Widerwillen. Nichts außer Widerwillen. Selbst wenn das wirklich ich sein sollte, bin ich jetzt ein anderer. Ich kann den Anblick dieses Geistes nicht ertragen. Angeekelt wende ich mich ab.

»Nein. Ich weiß nicht, was du damit bezweckst, aber bring den wieder dorthin, wo du ihn hergenommen hast.«

»Das werde ich nicht tun. Du wirst dich an das erinnern, was du bist, damit dieser ganze Gott-Nonsens endlich aufhört.«

»Ich bin ein Gott! Ich bin keine gespenstische Hülle!« Mein Zorn lässt die Palastwende erbeben. Soll dieses frevlerische blaue Huhn sehen, wozu ich fähig bin. Von der gewaltigen Erschütterung erfasst, bricht der Leere, der Un-Ich zusammen. Seine transparenten Ränder mischen sich mit dem Marmorboden. Abartig.

»Lass die billigen Zaubertricks«, entgegnet Milton ungerührt, dann legt er schützend einen Flügel über den Schwindenden: »Du bist kein Gott – bestenfalls ein gelangweiltes, zorniges Kind mit zu viel Fantasie. Das hier, das bist du. So hab ich dich kennengelernt. Als zerbrochenen Krug.«

»Er ist abstoßend. Ich bin so viel mehr.«

»Er ist vor allem menschlich. Und das ist okay. Steh zu deiner Schwäche. Erinnere dich, was du durchgemacht hast. Du bist Hebers. Du bist ein Mensch.«

»Nein!«

»Ich zähl bis drei!«

Die schiere Dummheit dieser Aussage lässt mich innehalten.

»Ich bin kein Kind.«

»Wie bist du kein Kind?«, empört sich das blaue Huhn und reißt die Flügel in die Luft: »Alles, was ich von dir höre, ist: Nein, ich will nicht. Lass mich. Ich bin der Allerstärkste und Größte und Tollste. Du hast eben im übertragenen Sinn mit dem Fuß aufgestampft, bis die Wände wackeln. Du läufst vor deinen Problemen, die hier genau vor dir liegen, davon.. Verdammte Scheiße, du lebst in einer Fantasiewelt! Außerdem hast du einen imaginären Freund! Halt dein Maul und werd erwachsen, du halbgare Person!« Seine Federn sind bis zum Äußersten gebauscht. Er sieht aus wie ein Igelhuhn. Ich muss kichern.

Verdammt, ich bin ein Kind. Selbsterkenntnis durchströmt mich bis in den flackernden Kern Selbst hinein und entfacht ihn neu. Auf einmal ist alles wieder da. Jeder Verlust, jede Episode, jede Dissoziation. Klaglos nehme ich es in mich auf. Das bin ich. Die Schwäche, der Wahnsinn, der Mensch, das bin alles ich. Die drei Teile des zerbrochenen Kruges beginnen, sich zusammenzufügen. Ein neuer Blick fällt auf mein altes Selbst. Ich bin bereit, es zu tragen. Ich bin Hebers.

Es wird Zeit, zurückzugehen.

Jetzt hast du's.

Wir müssen zum Fährmann. Ein Obdachloser hat …

Milton unterbricht mich.

Ich weiß. Und obwohl der Übergang immer seinen Tribut fordert, gibt es keinen Fährmann.

Aber wer bringt mich dann zurück? Du?

Selbst nach allem, was geschehen ist, selbst nachdem ich es dir ins Gesicht geschrien habe, hast du es immer noch nicht begriffen, mein maginärer Freund. Ich bin ein untrennbarer Teil von dir. Wir sind ein und das selbe Wesen. Atomos. Du hast dich selbst hierhergebracht. Du kannst dich auch selbst zurückbringen.

Wie?

Wie du möchtest, Hebers.

Ich verstehe nicht.

Wir können eine Pose einnehmen, uns hinlegen, oder einfach weiter rumstehen. Wie du möchtest.

Ich meine nicht die Art und Weise der Durchführung des Übergangs, Milton. Ich meine: Was muss ich tun, damit der Übergang passiert?

Nichts. Der passiert gleich ohnehin. Du hast nämlich bereits getan, was getan werden musste, und wenn ein Zug von der Größenordnung erstmal in Rollen geraten ist, kann er nicht mehr aufgehalten werden.

Ich verstehe.

Na also.

Eine letzte Frage noch.

Schieß los!

Ist das alles hier wirklich passiert? Ich weiß, dass es nicht real war, aber ist das, was zum Beispiel in mir vorgegangen ist, wirklich passiert? War da eine Handlung?

Ich bitte dich, du Idiot. Natürlich ist das nicht wirklich passiert. Die Welt der Ideen, die Irrealität, das Immaterium existiert nur in deinem Verstand. Erinnerst du dich, dass ich dir ganz am Anfang mal erzählt habe, dass du das Imaginäre als das anerkennen solltest, was es ist? Es sind Gedanken. Nicht mehr und nicht weniger. Als das sind sie Teil der Wirklichkeit. Verstehst du?

Ja.

Lügner.

Stimmt.

Wir umarmen uns. Wie verfluchte Hippies. Dann stirbt die imaginäre Welt um uns – um mich – herum.

Kapitel 12
Sonnenaufgang Reprise

Geburt. Erziehung. Schule. Arbeit. Gefeuert werden. Im Supermarkt zusammenbrechen. Meinen Verstand verlieren. Zur Topfpflanze werden. Der Übergang. Neue Welt. Eine Aufgabe. Freunde finden. Kreativität entwickeln. Ein Gott werden. Mich selbst finden. Der zweite Übergang. Keine Ahnung, keine Ahnung, keine Ahnung. Tod.

Es wird vermutlich kaum komplizierter werden. Zum Glück. Denn wenn ich ehrlich bin, gibt mir das Gefühl, den verwirrendsten, schwierigsten Teil meines Lebens hinter mir zu haben, Hoffnung.

Wie bitte? Was wird von mir erwartet? Ich soll regelmäßig Sport treiben, mich gesund ernähren und gleichzeitig einen Job finden? Aha. Das kann auch nicht schwieriger sein, als sich abzugewöhnen, sich selbst für einen Gott zu halten. Ich muss allerdings gestehen, dass ich neuerdings ein bisschen Angst vor Autounfällen habe. Allerdings glaube ich jedoch, dass das relativ vernünftig ist. Immerhin will ich mir doch meine allgemeine Gesundheit bewahren, nicht wahr? Solange ich mir nicht für dieses Hippie-Gesülze selbst in den Kopf schieße. Aber das ist dann meine eigene freie Entscheidung.

Vor dem Badezimmerspiegel komme ich erst richtig zu mir, denn neuerdings schlafe ich besser. Und die Träume erst! Seit der ganzen Geschichte habe ich eine luzide Kontrolle über sie, was ihnen eine neue, aufregende Qualität verleiht. Ich bin nun der Herr zweier Welten.

Durch meine trägen Augenlider blendet mich das Licht der Leuchtstoffröhre. Das sich aus dem Netz speisende elektromagnetische Feld, das an den beiden Polen an den Enden der Leuchtstoffröhre anliegt, ionisiert das enthaltene Gas. Unablässig fallen dort angeregte Elektronen auf niedrigere Energielevel zurück, wobei sie die Differenzenergie in Form von Lichtquanten abgeben. In alle Richtungen fortgeschleudert und in himmlischer Unentschlossenheit, ob sie Welle oder Teilchen sein möchten, was sie herrlich imaginär erscheinen lässt, trifft ein Teil dieser Lichtquanten auf die im Großen und Ganzen beruhigend ähnlich bleibende Anzahl verschiedenster Atome, die meinen Körper bilden. Meine Atome.

Einige Wellenlängen des Lichts werden von meiner Haut aus dem sichtbaren Abschnitt des Spektrums absorbiert, einige werden reflektiert. Von Letzteren trifft ein Anteil in einem derart günstigen Winkel auf den Spiegel, dass sie in meine Augen fallen. Durch die Pupille auf die Netzhaut, wo die Photorezeptoren den Reiz in ein bioelektrisches Signal umwandelt, der sich über den Sehnerv ins Gehirn fortpflanzt und einige Areale freudig stimuliert, sodass ich unterbewusst denke: »Hallo, hier gibt es etwas zu schauen.«

Die Konsequenz aus all dem ist Folgendes: Ich betrachte mich im Spiegel. Die schiere Komplexität dieses Geschehens erhebt seine eigentlich banale Natur.

Und so verhält es sich meistens. In den einfachsten Verhältnissen verbergen sich oft die wirklich diffizilen Geheimnisse. Es sind die großen Fragen, die eigentlich die einfachsten Antworten verlangen, wie »Warum bin ich hier?«.

Ich habe keine verdammte Ahnung. Und das ist vollkommen in Ordnung so, denn wenn ich es wüsste, wäre ich ein Sklave der Antwort. Ich müsste mich ihren logischen oder unlogischen Konsequenzen unterwerfen. Mein Leben gemäß ihrer Implikationen führen. Meine Ahnungslosigkeit befreit mich, so zu leben, wie ich möchte.

Ich mache mich fertig und verlasse seelenruhig das Badezimmer.

Meine Umwelt lügt mich an. Meine Sinne lügen mich an. Mein Verstand lügt mich an. Dem gegenüber steht glücklicherweise ein Ich-bewusster lodernder Kern Selbst, der all die verwirrenden Eindrücke sortiert, bewertet und seine Schlüsse daraus zieht. Es herrscht eine gewisse Kontrolle, sowie eine Akzeptanz des Unkontrollierbaren. Beides in Kombination erzeugt Frieden.

Ich bin hungrig, also esse ich. Ich bin müde, also schlafe ich. Dabei besteht keine Notwendigkeit, sich einem unsinnigen Kampf hinzugeben, und es handelt sich auch nicht um Schwäche. Es sind die Grundbedingungen, damit ich existieren darf.

Ich gehe nicht zur Arbeit, denn ich habe ja keine mehr. Für einen Moment vermute ich, dass ich spazieren gehe. Erstaunlich genau nehme ich meine Umwelt wahr. Die Stadt und die Gebäude, Straße mit den fahrenden Autos, die vielen verschiedenen Menschen. Ich lebe den Moment bewusst ...

Ach du Scheiße, bitte erschieß mich. Jetzt rede ich schon genauso irre wie die Leute, die richtiges Yoga machen, kein Ruhrgebiets-Kneipenyoga. Diese esoterischen Ashram-Gestörten, die den Sinn des Lebens in einem Joghurt finden. Lebe im Hier und Jetzt. Ich bin aktuell lebendig und auch noch vor Ort, wie soll ich mehr im Hier und Jetzt leben? Alles, was du mir andrehen willst, ist ein Dauerglücksgefühl und die Fähigkeit, sich einreden zu können, man wäre ein bisschen mehr erleuchtet als die anderen.

Ich will mich aber auch mal scheiße fühlen. Das gehört zum Menschsein dazu. Wenn du die ganze Zeit in entrückter Verzückung schwebst, nehm ich dir das erstens nicht ab, zweitens stimmt was nicht mit dir (ich darf das sagen) und drittens wird das schnell langweilig.

Insofern ist es gar nicht verwunderlich, dass die meisten der Leute, die nach Indien fahren, um sich selbst zu finden, feststellen, dass sie selbstgerechte Arschlöcher mit einem leichten Hang zum Pseudospiritismus sind. Ich sag dir, was dein Selbst ist: Du bist eine weiße, europäische Studentin, die Kunstgeschichte studiert und Dreadlocks hat. Solche wie dich haben sie in Indien genug, also halt dein Maul, bleib hier und werd Bauarbeiterin.

Das Schöne an Klischees und Vorurteilen ist, dass sie einem das Denken so weit abnehmen, dass man es nicht mehr machen muss.

Irritiert blicke ich durch das große Frontfenster des Yogastudios Stibinski. Gisela nimmt wie eh und je ihren angestammten Platz ein – bis ans Ende der Zeit wird sie da sitzen. Unsere Blicke begegnen sich, darum winke ich ihr freundlich zu. Sie zündet sich eine Zigarette an, dann bricht sie ein Naturgesetz, indem sie aufsteht und zu mir auf die Straße tritt. Ihr Kurs macht unbeeindruckt weiter.

»Willste reinkommen?«, fragt sie, dabei stößt sie Rauch aus wie die schöne, alte Dampflok, die sie ist.

»Danke. Ich hab was anderes gefunden, das mich entspannt.«

Ich denke an ein Stück schreienden Käse, wie jedes Mal, wenn mich die Ahnung eines Gefühls beschleicht, leicht verspannt sein zu können.

»Musse selber wissen.«

»Wie geht's?«

»Und selbst? Warst lange nicht mehr hier.«

»Joa, mir ging es nicht so gut, ne?«

»Das Leben is' wie 'ne Tür. Musse durch«, sagt sie und geht wieder rein. Ich bin fast den Tränen nah. Ein echtes Gespräch.

Dann betrete ich die Kneipe Stibinski, um über mein Leben nachzudenken – vor allem darüber, wie es weitergehen soll. Eine Kneipe ist genau der richtige Ort dafür. Das dunkle Holz und die üblichen, gealterten, traurigen Menschen, die genauso haften geblieben sind wie die allgegenwärtigen Aufkleber, erzeugen eine Atmosphäre von »Keine Ahnung«. Positive Bestärkung für meine Situation. Es ist nicht schlimm, keinen Job, keine Aufgabe oder Leidenschaft zu haben. Ich genüge mir selbst. So was kann dir nur hier klar werden. Das System läuft, solange man jeden Abend oben ein Bier hineinschüttet. Ein paar Zigaretten. Ein Dach über dem Kopf. Ich entscheide mich, wegzufahren – irgendwohin. Egal.

Ich atme die Nacht und Tabak. Einen Anker brauche ich nicht mehr, denn ich habe gesehen, was passiert, wenn man sich treiben lässt.

Mühelos finde ich den Weg zur S-Bahn. Diese ist spärlich bevölkert. Irgendwo setze ich mich hin, um aus dem Fenster zu starren. Meditation. Draußen zieht die Landschaft vorüber, denn ich bin statisch.

In der Nähe stehen drei Kerle bei der Türe. Musik, kaum besser als willkürliche Geräusche gemischt mit dem Gesang sterbender Wale, erdreistet sich aus einem Handylautsprecher heraus. Ich beneide sie nicht, denn sie wissen nicht, dass sie scheiße sind. Ich sehe es an der Bewusstlosigkeit ihrer Augen. Auch durch den Alkohol. Bei ihnen oder bei mir?

Nachtschwärmer. Partygeister. Nicht meine Lieblingsmenschen. Ich könnte jetzt was sagen und riskieren, dass sie mir auf die Fresse hauen, oder ich halte still und hoffe, dass ich meine Augen nicht so sehr verdrehe, dass meine Pupillen nie wieder aus meinem Kopf hervorkommen. Ach, was soll's?

»Hey, könnt ihr das mal leiser machen? Es gibt hier Leute, die wollen in Ruhe nicht zur Arbeit fahren.« Bevor sich ihre Aufmerksamkeit auch nur in meine Richtung gewandt hat, habe ich schon analysiert, dass meine Aussage aus ihrer Perspektive überhaupt keinen Sinn ergibt. Beziehungsweise doch. Auf eine ironische, den sozialen Umständen entsprechende Art funktioniert sie schon, nur bildet das Intoxikationsniveau der Kerle einen derart krassen Kontrast zu ihrem intellektuellen, dass ich ebenso gut Folgendes hätte rufen können: »Hey! Es suppt fröhlicher Quark aus meinem Ellenbogen, habt ihr eure Zauberlöffel mitgebracht?«

Reflektiere ich, was ich grade gedacht habe, hätte ich es durchaus verdient, wenn sie mich jetzt verprügeln. Doch sie zeigen mir nur den Mittelfinger und ich muss lachen, denn der inflationäre Gebrauch dieser Geste hat ihre Beleidigungskraft vollkommen homöopathisiert.

An der nächsten Haltestelle steigen sie aus. Alle drei. Unsere Interaktion lief anders ab, als ich erwartet hatte, dennoch nicht unerfolgreich, würde ich sagen. Mein Spruch hätte besser sein können.

Plötzlich sind wir zwei. Neben mir steht ein junger Mann – Mitte zwanzig, attraktiver Typ, vermutlich studentisch. Interessiert drehe ich meinen Kopf zu ihm herüber.

»Fand ich witzig, was du gesagt hast. Darf ich mich setzen?«

»Na klar«, entgegne ich und biete ihm den Sitz mir gegenüber an.

Eins fasziniert mich an ihm: dieser wache, intelligente Ausdruck in seinen Augen. Er scheint genau zu wissen, wo er ist, was passiert und wer er ist. Vielleicht fahre ich doch nicht weg.

»Ich bin Stefan. Wie heißt du?«, fragt er.

Kurz denke ich darüber nach, dann antworte ich: »Ich bin Milton. Milton Hebers.«

Null. Ich atme tief durch, dann geht die Sonne auf.

Bei Lektora erschienen

Jan Philipp Zymny

Es war zweimal – Eine schriftliche Meditation über den Sinn und die Geheimnisse des Lebens

Es war zweimal ... so fängt keine ordentliche Geschichte an, doch dieses Buch beinhaltet auch keine ordentlichen Geschichten. Tatsächlich sind die hier versammelten Texte höchst unordentlich. Grade so, als ob jemand wert darauf gelegt hätte, die konfusesten, verwirrendsten und absurdesten Gedanken zusammenzutragen, sie in Geschichten und Gedichte zu pressen und damit eine Weltanschauung zu präsentieren, welche die Realität als solche nicht nur ablehnt, sondern sie verspottet, indem es ganz eigene Antworten auf die großen Fragen des Lebens erfindet. Ein Buch für alle fortgeschrittenen Freunde der surrealen Literatur und des absurden Humors, das nicht nur einen neuen Schwung der bekannten und beliebten Bühnentexte von Jan Philipp Zymny enthält, sondern diese mit der Technik des begleiteten Lesens präsentiert, bei der der Rezipient „behutsam" in jedes Werk hinein und wieder heraus geführt, oder auch zwischen durch mal nach seiner allgemeinen Befindlichkeit gefragt wird. Schauen Sie, das klingt jetzt alles sehr verwirrend ... weil es das ist ... aber schlagen Sie doch einfach irgendeine Seite auf, picken sich willkürlich einen Satz heraus, lesen ihn zur Hälfte und bilden sich dann auf Basis dessen ein Urteil.

ISBN 978-3-95461-052-5
12,00 Euro

www.lektora-verlag.de/shop

WDR 2 Buchtipp!

Bei Lektora erschienen

Deutschsprachiger Poetry-Slam-Meister 2013 und 201

Jan Philipp Zymny

Henry Frottey – Sein erster Fall: Teil 2 – Das Ende der Trilogie
Ein Roman in Schwarzweiß

Eine Mordserie hält die Bürger von Schikargo in Atem. Doch der berühmte Privatdetektiv Henry Frottey hat keine Zeit, vor dem Fernseher zu sitzen und sie zu verfolgen. Er klärt lieber Verbrechen auf. Eine neue Entität arbeitet sich an die Spitze der Unterwelt vor und ihr Weg ist gepflastert mit seltsamen Morden, die so verzwurbelt sind, dass nur Henry sie vermittels seines genialioesken Verstandes und der Macht der Prokrastination zu lösen vermag. Relativ desinteressiert stolpert er durch die Straßen, macht einer schönen Frau Avancen und Urlaub, besucht den Jahrmarkt und ist dabei trotzdem den merkwürdigen Ereignissen in seiner Stadt stets nur einen Schritt schrägonal links auf den Fersen.

„Dem Autor gehen permanent die Gäule durch, er lässt sich wegtragen von seiner scheinbar unerschöpflichen Fantasie und Kreativität, doch er kriegt die Zügel immer wieder zu packen und erzählt dabei eine große Geschichte, in der am Ende tatsächlich alle Fäden zusammenkommen."
– Thomas Koch, WDR 2 –

ISBN 978-3-95461-020-4
14,80 Euro

www.lektora-verlag.de/shop

Bei Lektora erschienen

Jan Philipp Zymny & Andy Stauß

Henry Frottey – Sein erster Fall: Teil 2 – Das Ende der Trilogie
Ein Hörspiel

Der Erfolgsroman jetzt als 12-stündiges Hörspiel!

Gesprochen von vielen Bekannten aus der Poetry-Slam-Szene: Andy Strauß, Fabian Navarro, Jan Philipp Zymny, Jule Weber, Maximilian Humpert, Patrick Salmen, Sandra Da Vina, Sascha Thamm, Sebastian 23, Sulaiman Masomi u. v. a.

Eine Mordserie hält die Bürger von Schikargo in Atem. Doch der berühmte Privatdetektiv Henry Frottey hat keine Zeit, vor dem Fernseher zu sitzen und sie zu verfolgen. Er klärt lieber Verbrechen auf. Eine neue Entität arbeitet sich an die Spitze der Unterwelt vor und ihr Weg ist gepflastert mit seltsamen Morden, die so verzwurbelt sind, dass nur Henry sie vermittels seines genialioesken Verstandes und der Macht der Prokrastination zu lösen vermag. Relativ desinteressiert stolpert er durch die Straßen, macht einer schönen Frau Avancen und Urlaub, besucht den Jahrmarkt und ist dabei trotzdem den merkwürdigen Ereignissen in seiner Stadt stets nur einen Schritt schrägonal links auf den Fersen.

ISBN 978-3-95461-042-6
14,80 Euro

www.lektora-verlag.de/shop

Bei Lektora erschienen

Deutschsprachiger Poetry-Slam-Meister 2013

Jan Philipp Zymny

Hin und zurück – nur bergauf!

„Hin und zurück – nur bergauf" ist keine bloße Sammlung von Poetry-Slam-Texten. Mit einer Menge surrealistischem Humor und überraschenden Ideen beschreibt Jan Philipp Zymny in skurrilen Erzählungen und Gedichten eine fantasievolle Welt, in der alles irgendwie miteinander zusammenzuhängen scheint. Dabei bleiben jedoch einige Fragen offen: Woher bekomme ich einen Bademantel aus Hummelfell? In welchem Verhältnis stehen ein Haiku schreibender Orang-Utan und ein konfirmierter Gorilla zueinander? Wer ist dieser Eugen-Jonathan? Was möchte der Autor uns damit sagen? Die Antwort auf diese und andere Fragen lautet: JA!

„Selten lagen Wahnsinn, Genialität und Hummelfellmäntel so nah nebeneinander."
(Fabian Navarro)

„Ich musste es Korrektur lesen. Nie las ich Wörter in der Reihenfolge. Manches ergab Sinn. Vieles auch Unsinn. In der Summe erzeugen alle Morpheme Frohsinn. Ich tät's lesen wollen müssen, wenn ich nicht schon dürfen hätte sollen."
(Vater)

ISBN 978-3-938470-78-7
12,00 Euro

www.lektora-verlag.de/shop

Bei Lektora erschienen

Jan Philipp Zymny

Bärenkatapult (Live-DVD)

Der bekannte Wuppertaler Wolfsjunge Jan Philipp Zymny (Jahrgang 93, Spätlese, Südhang) verdingt sich als Poetry Slammer, Autor, Raumfahrer, Boxer und Erfinder. Seit März 2010 bereist er erfolgreich die Bühnen Deutschlands, der Schweiz und Österreichs. 2012 erschien nicht nur sein erstes Buch, auch errang er den Vizemeistertitel der deutschsprachigen Poetry Slam Meisterschaften und gewann das Jahr darauf den „Nightwash Newcomer Talent Award". Am 09.11.2013 konnte er die deutschsprachige Meisterschaft im Poetry Slam für sich entscheiden: 1300 Zuschauer kürten ihn zum Meister! Sein größter Erfolg ist allerdings, nach eigenen Angaben, die Einladung zum RTL Comedy Grand Prix abgelehnt zu haben.

In seinem ersten Solo-Programm vereint Jan Philipp Zymny nicht nur seine besten Poetry-Slam-Texte mit Auszügen aus seinem Buch („Hin und zurück – nur Bergauf!"), sondern präsentiert mit dem ihm eigenen surrealistischen Witz auch Musik, Improvisation und Live-Hörspiele - eine skurrile Mischung voller fantastischer Ideen und Unsinn und dabei immer urkomisch.

DVD / 116 min
ISBN 978-3-95461-064-8
14,80 Euro

www.lektora-verlag.de/shop